新潮文庫

イデアの再臨

五条紀夫著

新潮社版

11919

目次

登場人物

「僕」――主人公。平凡な高校生。向水《むこうみず》学園高等学校一年A組に所属。

山《やま》崎《ざき》悟《さとる》――A組の担任を務める筋肉質な教師。

白鳥《しらとり》姫《ひめ》子《こ》――僕の幼馴染《おさななじみ》かつ学園一の美少女。A組。

丸《まる》山《やま》秀《ひで》夫《お》――瓶底眼鏡をかけた秀才。A組。

郷《ごう》田《だ》力《りき》也《や》――リーゼントヘアの自称番長。A組。

真《ま》島《じま》実《さね》直《なお》――誰をも魅了する生徒会長。E組。

安《あん》藤《どう》竜《りゅう》――金髪の陽キャ。B組の中心的な存在。

神《かみ》野《の》ひかり――青白い顔の陰キャ。A組の浮いている存在。

イデアの再臨

これは僕が高校生の頃の物語だ。あの頃の僕たちは、現実に抗《あらが》わなければ自分らしく生きられないと思い込んでいて、呆《あき》れるほど失敗を繰り返した。これは、そんな僕たちの、失われた平穏な日々を、光り輝く平穏な日々を、取り戻すまでの記録だ。

第一章
物体が消えゆく世界

窓から差し込む陽射《ひざ》しが頬を照らし、僕は、目を覚ました。

そんな、ありふれた冒頭シーン――。

東側の大きな窓。そこに取り付けられたカーテンは、あえて就寝前から開け放したままにしている。なぜなら、最も効果的な目覚まし時計は太陽の光だからだ。

いや、前言撤回。もっと効果的なものがあった。

「早く起きなさーい。遅刻するわよ！」

階下から母の声がした。加えて、カンカンカンッと、フライパンを叩《たた》く音も聞こえてくる。一階から二階に至る階段を乗り越えて、さらに扉を貫通して僕の耳に届くほどの音量だ。近所迷惑、甚だしい。

僕は慌《あわ》てて身体《からだ》を起こし、スリッパを履いて、一階のダイニングへ向かった。

テーブルの上には、トーストとベーコンエッグ、ハーブミックスのサラダが置かれていた。さっそく席に着き、軽く一礼してからトーストに齧《かじ》りつく。

すると、キッチンに立つ母が軽蔑《けいべつ》の視線を向けてきた。

「もっと早くに起きて欲しいわね」

「だからってフライパンを叩くことはないだろ」

どこの漫画だよ、という悪態はどうにか飲み込んだ。けれども、そんなささやかな配慮になど気付くわけもなく、母は引き続き嫌味を口にした。

「あんたねぇ、高校二年生にもなって母親に起こされてるなんて恥ずかしいわよ」

「とっくに起きてたよ。ベッドで横になってただけだって」

「それは寝てるって言うの。お隣の姫子《ひめこ》ちゃんを見習いなさいよ。姫子ちゃんね、さっきお母さんが庭でお父さんの吸い殻を片付けてたら、塀の向こうからひょっこり顔を出して挨拶《あいさつ》してきたの。聞いたら、もう学校に行くって言ってたわよ」

　壁掛け時計を見やる。まだ午前七時半だ。

「ああ、姫ちゃんは、あ、彼女は、受験対策の早朝講習に参加してるんだと思うよ」

「早朝講習？　何よそれ。お母さん初耳よ。あんたは参加しないでいいの？」

「任意参加だし、めんどい」

「面倒かどうかは聞いてないの。必要かどうかを聞いてるのよ。あんただって大学に行くつもりなんでしょ？　浪人なんて認めませんからね」

　朝から小言なんて聞きたくない。僕は何も言わず、そっぽを向いた。

　そのとき、奇妙なことに気が付いた。

　キッチンとは反対側に位置する壁のカーテンレールの下に、大きな四角い穴があいていたのだ。高さは一メートルほど、幅は一・五メートル以上あるだろうか。屋外に通じていて隣の家がよく見える。こんな穴に心当たりはない。確か、昨日までは、ここに薄いガラスで出来た開閉式の板があった気がする。

「ねえ、お母さん、この穴、なに？」

動揺しつつ尋ねると、母は小さく首を傾《かし》げた。

「なんだったかしら」

その口振りには、まったく切迫感がない。

「お母さん？　こんな穴があいてたら外から人が入ってこれちゃうだろ」

「言われてみればそうね」

「すぐ塞《ふさ》がないと」

「出張からお父さんが帰ってきたら相談してみるわね。そんなことより、早く学校に行きなさい。遅刻するわよ」

何か、おかしい。釈然としないけれど、母の言う通り登校時間が迫っていた。僕は皿の上の野菜を勢いよく頬張り、ダイニングを後にした。

「ごちそうさまを言いなさーい」

「はいはい、ごちそうさま」

おざなりな返事を母にして、裸足《はだし》で、階段を上る。

自室に戻ると、すぐ身支度をした。時間割を確認し、荷物をまとめる。そして最後にカーテンを閉めようとしたとき、また奇妙なことに気付いてしまった。東側の壁に大きな四角い穴があいていたのだ。ここには朝陽が差し込むガラスの板があったはずだ。

穴から身を乗り出して辺りを見てみると、よその家にも同じように四角い穴がいくつもあいていた。僕は、ようやく状況を察した。

「こ、これって――」

　世界から、　　が、消えていたのだった。

　いまは六月に違いない。そんな当然のことを歩きながら思った。おそらく進行方向に分厚い雲が浮かんでいるので、いまが梅雨時、すなわち六月下旬であることを、僕は再認識したのだろう。頭上の空は晴れている。ただし午後から崩れるらしい。母から、傘を持っていけ、と言われていたけれど、見事に持ってくるのを忘れてしまった。

「それにしても、どうなってるんだよ……」

　自身に問うように、わざとらしく独り言を口にしてみた。それから周囲を見回す。通学路の両脇《りょうわき》に立ち並ぶ家屋には、いずれも四角い穴があいていた。　　が消えているのだ。トイレに設けられた小さな　　も、開口部が床まである背の高い　　も、外枠と共に消滅してしまった。

　それだけではない。もっと大きな物も消えていた。　　だ。　　とは、玄関にある屋外と屋内を隔てる開閉式の板だ。それも消えていたのだった。ポケットの中に家の鍵《かぎ》があるけれど、もはや無用の長物と化した。誰でも、誰の家にでも、侵入できる状態だ。

けれども、気にしている人はいない様子だった。家屋にあいた穴から各家庭の暮らしが丸見えになっているにもかかわらず、さも当たり前のように日常が繰り広げられている。そういえば母も、ガラス　が消えたことを、意に介していなかった。

おかしいのは、僕のほうだろうか。消えた気がしているだけなのかもしれない。考えてみると、消えた物の呼称が思い浮かばないので、初めからそんな物は存在しなかった可能性もあり得る。事実、記憶のページを捲《めく》ってみても、家を出る際に　を、すなわち屋外に通ずる開閉式の板を、開けたか否《いな》かがまったく分からなかった。

考え込んでいると、やがて、大きな建物が見えてきた。

真っ白な壁で出来た四階建ての直方体。私立向水《むこうみず》学園高等学校の校舎だ。

この向水市には、向水学園の幼稚舎から大学までの施設がすべて揃《そろ》っている。いわゆる学園都市というやつだ。戦前にはすでに街の開発が進んでいたため、住人の多くが学園出身者だったりする。かくいう僕も、幼稚舎からの、純正向水ボーイだ。

つまり、あの建物は僕が通う学校に違いない。

またもや、当然のことを思ってしまった。不自然なこととも言える。

「たぶん疲れてるんだな。何もかも気のせいに決まってる……」

わざとらしく独り言を口にしてみた。はたして、僕はこんなに独り言が多かっただろうか。まるで誰かに状況や心情を説明しているかのような気分だ。

違和感を振り払うように足を速めた。早朝講習に参加しなかった上に、おかしなことを考えていて遅刻なんて、洒落《しゃれ》にも喜劇にもならない。

あと十メートル。あと五メートル。頭の中で校門までの距離をカウントする。

そして、門を通ろうとしたときだ。学校の敷地を囲うコンクリート製の　が、視界から、一瞬にして消えたのだった。咄嗟《とっさ》に背後を確認する。いま歩いてきたばかりの通学路からもことごとく　がなくなっている。

これは気のせいではない。間違いなく、次々と、物体が消滅している。

ところが辺りにいる登校中の生徒たちは一人として異変に気付いていないようだ。公道と校庭とを隔てる物は何もないというのに、誰もが律儀《りちぎ》に校門を通ってから校舎へと向かっている。　があった場所を通ったほうが明らかに近い人でさえもだ。

首を傾げる。首を傾げつつも昇降口へ急ぐ。そこには、やはり、　がなかった。すなわち両開きの板がなくなって、ぽっかりとトンネルの入口のようになっている。壁に貼《は》られたポスターの「冷房中、開放厳禁」という文字が寒々しい。僕は、すぐ近くにいた生徒、いかにも脇役といった佇《たたず》まいの生徒に、声をかけることにした。

「あ、あの、このポスターの開放厳禁って、何を開放したらいけないんだと思う？」

「さあ……ズボンの、チャック？」

そんなわけないだろ、と思いながらも丁寧に礼を述べて、それから下駄箱《げたばこ》の——。

下駄箱に取り付けられていた開閉式の板も消えていた。なるほど、これも　だ。開けるという動作が必要なくなって上履きを取り出しやすくなった。そう前向きに考えることにした。というよりも、前向きにならなければやっていられない。

学内からも、当然ながら、　と　が消えている。それと新たに、　　　が消滅していた。昇降口には来客用の下駄箱も設置されている。その中には普段であれば校名が記された屋内用の簡易な履物、すなわち　　　が置かれているのだけれど、見事に消え去っていたのだ。いや、思い返してみると、　　　が消えたのは僕が家を出るよりも前だ。いつも自宅では　　を履いているのに、朝食後には裸足になっていた。もしかすると、気が付いていないだけで、他にも何か消えているかもしれない。

注意深く辺りを観察しながら歩を進め、階段を上り、三階の二年A組の前で立ち止まる。昨日までは入口にスライド式の板があった。もちろんいまは、ない。

「ねえねえ、そんな所に立ってると邪魔だよ」

突然、背後から声をかけられ、思わず肩を震わせた。

振り返ると、綺麗《きれい》な女子生徒が立っていた。白鳥《しらとり》姫子さん、だ。

「や、やあ、えっと、白鳥さん、おはよう」

ぎこちなく挨拶。白鳥さんは露骨に不服そうな表情を浮かべた。

「その呼び方はなんなの？　この間までは姫ちゃんって呼んでくれてたじゃない」

「この間って小学生の頃だろ。何年前の話だよ」

白鳥さんは僕の幼馴染《おさななじみ》だ。隣の家に住んでいて、僕と同じく幼稚舎時代から向水学園に通っている。ここ数年は疎《そ》遠《えん》になっていたけれど、今年度は同じA組だった。

「たった五年前の話でしょ。高校生だからって呼び方を変える必要はないと思うな」

「必要あるんだよ。女子をちゃん付けで呼ぶなんて、あらぬ誤解を生みかねない」

「えー、考え過ぎだよ」

彼女は後ろに両腕を回して小石を蹴《け》るように片足を振った。

分かっていない、と僕は思う。白鳥さんは、自分がどれだけ人目を惹《ひ》く存在であるかを、まったく理解していないのだ。目鼻立ちのはっきりした面差し、小柄ながらも均整の取れた体軀《たいく》、絵に描いたような美少女だ。男子はもちろん女子に至るまで彼女に憧《あこが》れを抱く人は多い。いわば学園のアイドル。それに比べて僕は、フリー素材のような平凡男子。釣り合っていない。いや、釣り合っているか否かを勘定することさえおこがましい。とにかく、彼女と親しげにしていると、面倒なことになりかねなかった。

そんな懸《け》念《ねん》などお構いなしに、白鳥さんは、さらに話を振ってきた。

「ところで、なんで浮かない顔して教室の入口を見つめてたの？」

その言葉で自身が異常な状況に置かれていることを思い出した。と同時に、成績も優秀な白鳥さんならば、なんらかの助言を与えてくれるかもしれないと思った。

「ああ、いや、実は、気になることがあってさ。白鳥さん、この入口に取り付けられていたスライド式の板のこと、覚えてる？」

「スライド式の板？」

「そうそう、カラカラカラって開けるやつ」

「カラカラカラ？」

「ほら、担任の山崎《やまざき》先生が、ガラガラピッシャーンって勢いよく開けてさ、おはよう生徒諸君！　って、いつもやってるだろ」

「ウフフ、山崎先生の物真似《ものまね》、上手《うま》いね」

　あきらかに話が通じていない。それは察せられたけれど、諦《あきら》めがつかず、僕は引き続きスライド式の板について説明を試みた。大袈裟《おおげさ》なジェスチャーを交え、カラカラ、カラカラと繰り返す。その度に白鳥さんは楽しそうに笑った。

　駄目だ。彼女は消えた物体についてまったく想像ができないみたいだ。

　そう思ったとき、救いの手が差し伸べられた。

「私が、そのスライド式の板について、説明いたしましょう」

　鼻にかかる声。それは、学年一の秀才、丸山秀夫《まるやまひでお》くんのものだった。

　いつの間にか廊下の中央に立っていた彼に、僕は、期待の眼差《まなざ》しを向けた。

　丸山くんは、瓶底のような丸い眼鏡の中央を細い指で押し上げた。

「私の計算によれば、そこにスライド式の板があったという話は、勘違いであります」

期待して損した。彼も役立ちそうにない。

「い、いやぁ、さすがは丸山くん、素晴らしい計算だ……」

「当然であります」

慇懃《いんぎん》な皮肉は通用せず、丸山くんは、誇らしげに瓶底眼鏡を輝かせ、特徴的な言い回しでもって僕の言葉を受け入れた。彼は語尾を「あります」にする癖がある。現実味が希薄な戯画的キャラクターだ。少しばかり煩《わずら》わしい。

「まあ、そういうキャラ設定なら仕方ないか……」

自然と諦めの言葉が零《こぼ》れ落ちた。すると、白鳥さんと丸山くんが声を揃えた。

「キャラ設定？」

そう問われ、改めて自身の発言について考える。

「あれ？　僕は何を言ってるんだろうね……」

とりあえず愛想笑い。向かいに立つ二人は苦笑い。

微妙な空気の中、続々と多くの生徒が廊下をこちらに向かって歩いてきた。僕よりも遅くに登校する生徒がこんなにいるわけがない。おそらく別室で行なわれていた早朝講習に参加していた生徒たちだろう。白鳥さんと丸山くんが先に戻ってきているので、講習は課題を終えた順に退出するという方式で締め括《くく》られたものと思われる。

早朝講習は、専攻教科ごとに行なわれていてクラスは関係がない。そのため廊下を歩く生徒の大半はA組の前を通り過ぎて各教室に散っていった。ただし一人だけ、足を止め、こちらを見つめる生徒がいた。金色の髪をした男子生徒だ。確か、彼は――。

その金髪男子は非常に険しい面持ちをしていた。それはまるで、自分が主要人物だということを、誇示するかのような表情だった。

彼ならば何かを知っているに違いない。

おぼろげな確信は、僕を次の展開へと誘《いざな》おうとした。ところが、

「ねえ、だから入口に立ってると邪魔になるって」

白鳥さんが僕の手を引いた。見ると、丸山くんはすでにいなくなっていて、彼女と二人で入口を塞いでいる状態だった。

「あ、ああ、そうだね」

短い返事だけをし、すぐさま金髪男子のほうへ向き直る。

彼は、こちらから視線をはずし、隣のB組へと入っていった。

「早く教室に入ろうよ」

なおも白鳥さんが僕の手を引く。そこで我に返り、慌ててその手を振り払う。

「こ、子供じゃないんだから、教室に入るくらい一人でできるよ」

学園のアイドルと手を繋《つな》いで登校したとは思われたくない。

白鳥さんは不服そうな顔をしながらも一人で教室に入っていった。

僕は、少し間を置いてから、入室した。

教室内はいつも通り賑《にぎ》やかだった。誰も物体が消えたことで悩んでいない。流行《はや》りの歌や動画などについて楽しげに語り合っている。その中には、ゴシップやオカルトの話題で盛り上がっている人たちもいた。どこどこの、だれだれが、なになにで。囁《ささや》かれる話題はいずれも興味深かった。関わりを持てば一本の物語を紡《つむ》げるほどのポテンシャルを秘めている。そういった話題ばかりだ。しかしながら、すでに現在の僕は物体が消滅するという事態に携わっている。色恋沙汰《ざた》や心霊現象に関わっている暇はない。

彼および彼女たちの話題を無視し、速やかに自席へと向かう。

陽がよく当たる席。僕の席は、際《ぎわ》にあった。つまり屋外と通ずる四角い穴のあいた壁に接する位置にあった。その上、後ろから二番目。こういう端のほうにある席は良からぬ輩《やから》に好まれがちだ。案の定、僕の席の周りには不良っぽい生徒が何人もたむろしていた。しかも、そのうちの一人は僕の机に座っている。

「ごめん、そこをどいて貰《もら》えないかな？」

机に座る生徒、郷田《ごうだ》力也《りきや》くんに声をかけると、彼は眉間《みけん》に皺《しわ》を寄せた。

「あ？　俺に文句でもあんのか？」

「あ、いや、そこ、僕の席だから……」

「あ？　俺に文句でもあんのか？」

「あ、いや、だから……」

まったく会話が成立しない。

僕が言葉を失うと、彼はこちらを威嚇《いかく》するようにリーゼントヘアを整えた。

向水学園は髪型が自由だ。金髪にしようと長髪にしようと咎《とが》められることはない。舳《へ》先《さき》のようなリーゼントも許されている。生徒の自主性が重んじられていて校則が非常に緩いのだ。かといって、占有権の侵害や威嚇行為は認められていないし、不良になることも推奨されていない。それにもかかわらず、郷田くんは、典型的な不良だった。二つ名は番長。誰もが彼のことを恐れている。

伝統ある私立学園に、なぜ、この手の生徒がいるのだろう。

当然の疑問が脳裏に浮かんだけれど、それよりも先に席をどいて貰うという課題を解決しなければならない。僕と郷田くんとのやり取りに気付いた人がちらほら現れ、喧嘩《けんか》か、喧嘩か、と周囲が騒がしくなり始めている。白鳥さんに至っては、「わたしのために争わないで」と、意味不明なことを口走っている。悪目立ちはしたくない。

そんな緊張状態を打破してくれたのは、一つの声だった。

「生徒会長である僕からの要請だ。そこのリーゼントくん、机から降りたまえ」

生徒会長、真《ま》島《じま》実直《さねなお》くんが、郷田くんのことを注意したのだった。

　真島くんは、教室の入口付近に立ち、こちらを指差していた。彼はA組ではなく二年E組に所属している。ただし、今月上旬に行なわれた選挙で会長に任命されてから、毎朝のように校内を巡回していた。普通ならばそういったお節介は煙たがられる。けれども真島くんは例外だ。彼は、人を魅了する天才だった。

「リーゼントくん、気弱そうな生徒が困っているじゃないか。席を譲るんだ」

　歩きながら真島くんは言った。その声は穏やか。それでも全員、聞き入っている。

　選挙演説での出来事を思い出す。登壇した真島くんがこれからの学園について展望を語ると、全校生徒の目に煌《きら》びやかな未来の景色が映ったのだった。もちろん錯覚だ。彼の言葉によって、誰もが、鮮明なビジョンを想起せずにはいられなかったのだ。

　それほどの圧倒的カリスマ、真島実直。

　窘《たしな》められた郷田くんもそのことは重々承知しているようで、ぐぬぬ、と聞き取りやすい唸《うな》り声をあげた。けれども、ここで引いたら番長の名折れとでも思ったのか、彼は唾《つば》を飛ばしながら声を張った。

「あ？　俺に文句でもあんのか？」

　語彙《ごい》力、もう少し頑張って。そう思ったけれど、口は挟まずに二人を注視する。

　真島くんは近くまでやって来た。

「もう一度言おう。リーゼントくん、席を譲るんだ」

勝負はついた。穏やかながらも有無を言わせぬ口振り。その迫力に気圧《けお》され、郷田くんは小さく舌打ちだけして席を離れた。子分と思われる取り巻きたちもいなくなる。

教室が平常の空気を取り戻す中、僕は、真島くんに向かって頭を下げた。

「ありがとう、助かったよ」

「礼にはおよばないさ。学園の平和を守るのは僕の仕事だからね」

真島くんは事もなげに言った。頼もしい。こんなにも頼もしいのであれば、物体の消滅について相談に乗ってくれるかもしれない。そう思ってさらに声をかけようとしたけれど、彼は踊るように身体を翻《ひるがえ》し、軽快な足取りでもって去っていってしまった。

周囲にいる女子たちが颯爽《さっそう》と退室する真島くんに黄色い声援を送る。

「キャー、真島さーん」

そんな女子たちに真島くんは小さく手を振って微笑《ほほえ》む。

微笑みを向けられた女子たちは、瞳《ひとみ》をハートマークに変化させ、卒倒するのではないかと思えるほど全身を大きく仰《の》け反《ぞ》らせた。もはや人気歌手の公演会場。真島くんの姿が見えなくなってからも、真島さーん、という声は方々からあがり続けた。

その様子を横目に、僕は席に着いて長い息を吐き出した。これにて一件落着。差し当たり、あとは始業のチャイムが鳴るのを待つだけだ。けれども、僕の心のうちを占めていたのは、安堵《あんど》ではなく、もっと別のことだった。

濃い――。

起床から現在に至るまで色々なことが起き過ぎている。消滅現象はもとより、出会う人たちが漏れなく個性的。まるで安物の学園ドラマを圧縮したかのような状況だ。はたして、僕の日常はこんなに起伏に富んでいただろうか。濃い。濃厚が過ぎる。この密度で日常が繰り広げられ続けるのは耐え難い。はっきり言って、

「疲れる……」

その声は僕の口から発せられたのではなく、背後から聞こえてきた。一番後ろの席に座る、神野《かみの》ひかりさんが、呟《つぶや》いたのだ。

僕は後ろを向き、その発言の真意を探るように彼女の青白い顔を覗《のぞ》き込んだ。

神野さんは僕の意図を汲《く》んでか、目を細め、薄い唇でもって言葉を紡いだ。

「ちゃちな仲良しごっこを見せつけられて疲れるわよね」

言い回しはともかく、それは僕の考えに近かった。

やっと普通の人に会えた。喜びのあまり、僕は興奮気味に身を乗り出した。

「そうだよね。演出というか個性というか何かが過剰な気がするよね」

僕の同意を得た神野さんは、ほんのわずかに笑みを湛《たた》えた。

「そうね。煩わしい、そう魂が訴えかけてくるわ」

「た、たましい？」

参った。彼女が最も個性的かもしれない。

怯《おび》える僕をよそに、神野さんはさらに言葉を紡ぐ。

「人間は、喜びや悲しみ、怒りといった感情を備えている。教わったわけでもないのに誰もが現世に誕生した瞬間から備えているの。なぜ？　それはね、生まれる前の魂だった頃に神々の世界で学んだからよ」

「へ、へえー……」

神野さんと会話をしたことはほとんどない。普段の彼女は非常に寡黙《かもく》なのだ。それがいまは、饒舌《じょうぜつ》。どうやら僕は触れてはならないスイッチを押してしまったようだ。

「つまりね、ああいう人たちを煩わしいと思うこの感情も神々の世界で習得したものなの。そしてそのことを自覚しているわたしはいつだって正しい」

「な、なるほど……」

話の内容はまったく理解できていなかったけれど、とりあえず相槌《あいづち》を打った。

すると神野さんは、誇らしげな顔をし、手元にあった数冊の本を掲げた。

「中期プラトンの本よ。ここに魂の出自について記されているわ」

「わ、わあ……それを読めば神野さんみたいに賢くなれるんだろうね……」

そう社交辞令を口にすると、今度は、本を差し出された。

「哲人思想に興味があるみたいね。それなら貸してあげるわ」

失敗した。触れてはならないスイッチを深く押し込んでしまった。頭を抱えたい衝動に駆られながらも、引くに引けなくなった僕は、素直に彼女から本を受け取った。

　そのとき、ようやく始業のチャイムが鳴った。

　胸を撫《な》で下ろしたのも束《つか》の間《ま》、またもや個性的な気配がする。教室の入口に筋肉質な人影が現れたのだ。このＡ組の担任、山崎悟《さとる》先生だ。

　山崎先生は大股《おおまた》で入室すると、教室中に響き渡る大きな声を発した。

「ガラガラピッシャーン。おはよう生徒諸君！」

　まさか、擬音をセリフで表現されるとは思いもしなかった。

　天気予報は正しかったようで、昼休みを終えた頃から雨が降り始めた。幸いなことに風は弱く、壁に大きな穴があいているけれど、雨が教室内に吹き込んでくることはなかった。とはいえ、その幸運が有効なのは屋根の下にいる間だけだ。

　放課後、僕は昇降口に立ち、激しく水紋を描く水溜《みずた》まりを見つめていた。雨は上がりそうにない。傘はない。どうやって帰ろう、と悩む。誰かを頼ろうにも土砂降りの最中に傘を貸してくれる人など稀《まれ》だ。ましてや僕は友達が多いキャラクターでもない。祈るように空を見上げる。止《や》んでくれ。

　すると、止んだ。しきりに降り注いでいた水の雫《しずく》が瞬時に消えたのだった。

　未《いま》だ空は分厚い雲に覆《おお》われている。本当に、ただ止んだだけなのだろうか。その疑念の答えは視線を落とした際にすぐ判明した。つい先ほどまで見つめていた、　水の溜まった浅いくぼみが、なくなっていたのだ。それは校庭のあちこちにあったはずだ。消滅現象は続いている。いま、　と、　　　が、世界から消えた。

　もしかすると授業を受けている間にも何かが消えてしまっているかもしれない。そう考えて恐るおそる辺りに視線を這わすと、危惧《きぐ》した通り、一つあった。

「あれも、消されたのか……」

　学校の敷地の出入口、すなわち　　　が、なくなっていた。登校時には多くの生徒が律儀にそこを通っていた。今後、　　　を消されてしまった彼らは、どこを通って登校するのだろう。そう思ったとき、自身の発言に対して強烈な違和感を覚えた。

「消された？　誰に？」

　普通は、消えた、と考えるはずだ。ところが、消された、と僕は考えた。つまり何者かの意思が消滅現象に介在していると無意識のうちに思ったのだ。常識的に考えるならば、そんなことはあり得ない。こんな不可思議な現象を起こせる人間などいるはずがない。けれども、なぜか、消されたという感触は間違っていない気がした。

　左右のこめかみを押さえ、ここまでの記憶のページを捲り、不自然な点を探る。

　あともう少し。あともう少しで、この世界の真相に辿《たど》り着けそうだ――。

ところが、その思考を妨げるように、見知った顔が僕のすぐ横を通り過ぎた。独特な陰鬱《いんうつ》な気配を纏《まと》った女子生徒、神野さんだった。彼女は　があった場所に向かって歩いていた。その手には畳まれたビニール傘がぶら下がっている。

　僕は、ふと思い立ち、彼女の背中に声をかけた。

「神野さん、ちょっと待って」

　神野さんはゆっくりと振り返り、目を細めて首を傾げた。

「何か用かしら？」

「あの、傘を持ってるよね？　傘って何に使うか分かってる？」

　空から降ってくる水の雫は消えた。もはや　傘は世の中に必要ない。僕は、そんな必要のない物を持ち歩いているという矛盾を指摘することで、物体消滅を彼女に気付かせることができるかもしれないと踏んだのだ。

　神野さんは、しばらく考える素振りを見せ、それから冷ややかな面持ちをした。

「あなた、ずいぶんと積極的なのね」

「え？　どういう意味？」

「本を貸したことで誤解をさせてしまったのならごめんなさいね。あいにく、わたしはそんな軽い女ではないの」

　そう言って、彼女は再び　があった場所へと歩き始めた。

小さくなっていく後ろ姿を見つめながら理不尽な傷心を抱く。まるで振られたみたいだ。意味は分からないけれど、軽蔑されたということだけは察せられた。

「……ふーん、神野さんと仲が良いんだね」

声がしたので振り向くと、いつからそこにいたのか、白鳥さんが立っていた。白鳥さんは開放厳禁のポスターが貼られた壁に寄りかかり、僕のことを睨《にら》んでいた。

なんとなく申し訳ない気持ちになり、慌てて弁解する。

「いや、仲良くないよ、ホントに」

白鳥さんは噛《か》み締めるように何度か頷《うなず》き、それから恥ずかしそうにうつむいた。

「あのさ……相合傘なら、わたしがしてあげようか？」

嫌な予感がする。

「もしかして、普通の傘の用途って相合傘限定なの？」

「え？　他に何があるの？」

合点がいった。神野さんは僕から相合傘を誘われたと勘違いしたのだろう。

面倒なことになったと思い、何も言わずに口元を歪《ゆが》ませる。

すると、白鳥さんが両手を忙しく左右に振った。

「ああ、さすがに相合傘をしてあげるって言ったのは冗談だよ。でも、ここで会ったんだし、せっかくだから一緒に帰らない？　べ、別に深い意味はないんだからね」

家が隣同士なのだから、たとえ彼女が学園のアイドルだとしても、下校時間さえ重なれば一緒に帰るのも不自然ではない。頑《かたく》なに断る必要はないのだ。ただし、これ以上の事態の停滞は避けたかった。このままでは話が進まない。

「白鳥さん、ごめん、一人で考えたいことがあるんだ。先に帰ってて」

そう言うと、彼女は顔を隠すように傘を差し、不自然なほど気丈な声で返事をした。

「うん……分かった……」

濡《ぬ》れる心配などないというのに、白鳥さんは、傘を差したまま去っていった。

残された僕は、雑念を払うように、首を左右に振った。

そして、さっそく消えた物体について考えを巡らせることにした。

いまのところ、気付いた範囲内ではあるけれど、　と　と、　　、それと、と　　、　、以上、七つの物が消えている。サンプル数が少ないので単なる偶然かもしれないけれど、それらの属性には片寄りがあるように思えた。七つのうち四つが建物や敷地への侵入を防ぐための物なのだ。何か規則性があるのだろうか。そんなことを思い、改めて辺りを見回す。昨日までとは違って見晴らしが良い。それもそうだ。すでに敷地を囲う物はほとんどなくなっている。あと残っているのは、あれだけ。

僕は、校庭の隅にあるテニスコートに向かって歩き始めた。人工芝の敷き詰められたその二面のコートは、緑色のフェンスに囲まれている。

いや、囲まれていた、だ。歩いている最中に　　　は消えてしまったのだった。

誰でも出入りできるようになったテニスコートに足を踏み入れ、　　が建てられていた場所を見下ろす。いまとなっては人工芝と砂利との境界があるだけだ。

これで敷地を囲う物はすべて失われた。学校だけではなく、民家を含むあらゆる土地の侵入防止設備が世界から消え去った。足元を見つめながら引き続き考える。

なぜ、物体が、消える——。

そのとき、砂利を踏む音が聞こえた。顔を上げると、目の前に金色の髪をした男子生徒が立っていた。今朝も僕のことを見ていた彼は、確か、隣のクラスの転校生だ。

今年の四月、新年度が始まったとき、彼は向水学園高等学校に転入してきた。この学校は学園の中等部から進学してくる生徒が大半で、他の中学出身、いわゆる外部生さえ珍しい。転校生ともなれば、もはや希少生物だ。金髪という外見も相まって、彼はちょっとした有名人だった。クラスが違う僕も、名前こそ知らないけれど、存在は認識していた。噂《うわさ》では、彼はとても陽気で、B組の人気者だと聞いている。

ところが、いま目の前にいる彼は、非常に険しい面持ちをしていた。

「なあ、そこに何かあったのか？」

と、彼は言った。

おぼろげな確信が再び頭をもたげる。彼ならば何かを知っているに違いない。

「なんでそんなこと聞くんだよ。君は何者なの？」

　尋ねると、彼は少し間を置いてから改めて口を開いた。

「俺は、安藤《あんどう》。安藤竜《りゅう》だ……これ以上の情報は俺の質問に答えて貰ってから教えるかどうか決める。なあ、そこに何かあったのか？　言ってみろよ」

　その言い方は少しばかり喧嘩腰だ。なぜ彼が機嫌を悪くしているのかは知りようもないけれど、とにかく、いまは真相に近付くための情報が欲しい。

　僕は、警戒しつつも、安藤と名乗る彼からの問いに答えることにした。

「ここには、えっと、緑色の針金を格子《こうし》状に組んだ網があったんだ。テニスコートを囲んでいて、ボールの紛失や部外者の侵入を防いでいた。でも、消えた……」

　安藤くんは僕の話を笑うでもなく、かといって頷くでもなく、口元を押さえながら眉《まゆ》根《ね》を寄せて聞いていた。求めていた答えではなかったのだろうか。ならば、

「消えたのは、それだけじゃないんだ——」

　今朝からの消滅現象についても語った。自宅でのこと、登校中のこと、放課後になってからのこと、すべてを丁寧に伝えた。安藤くんはずっと難しい顔をしていた。けれども話を聞き終えた瞬間、拍子抜けしたように表情を緩め、大きく首を傾げた。

「お前が消したんじゃないのか？」

「消した？　僕が？　そんなわけないだろ」

安藤くんは、右に傾いていた首を今度は左に大きく傾け、瞳を上へ動かした。その視点は見えない何かを見つめているかのように中空に定められている。

「なるほど、そういうことか。お前と接したことで鮮明に見えてきた……」

安藤くんは何度も深く頷いた。

「なるほどって、知ってることがあるなら教えてくれよ」

「口で言うより体験させたほうが良いだろうな」

「体験？　回りくどいことはやめてくれ。僕は早く違和感の答えを知りたいんだ」

そう必死に訴えると、安藤くんは片側の口角を引き上げた。

そして、意味不明な言葉を口にした。

「一ページ戻れ」

安藤くんは、右に傾いていた首を今度は左に大きく傾け、瞳を上へ動かした。その視点は見えない何かを見つめているかのように中空に定められている。

「なるほど、そういうことか。お前と接したことで鮮明に見えてきた……」

安藤くんは何度も深く頷いた。

「なるほどって、知ってることがあるなら教えてくれよ」

「口で言うより体験させたほうが良いだろうな」

「体験？　回りくどいことはやめてくれ。僕は早く違和感の答えを知りたいんだ」

そう必死に訴えると、安藤くんは片側の口角を引き上げた。

そして、意味不明な言葉を口にした。

「さて、どういうリアクションをするか、様子見だな」

奇妙な感覚に襲われた。起こり得ないことが起こった気がする。

「同じ文章が、繰り返された……」

呆然《ぼうぜん》と呟くと、目の前に立つ安藤くんは楽しげに笑った。

「お前、いま、文章って言ったな？」

「え、うん、言ったよ……あれ？　なんでそんなこと言ったんだろ」

「直感を受け入れろ。お前はこの世界を文章として認識している」

「そんなわけ……」

「あるだろ？」

その言葉を否定することができなかった。確かに、あらゆる状況や心情が文字に変換され、頭の奥深くで整列している。それこそ、いま現在のこの心の声も、白いページの上に並んでいる文章に思える。

「なんで？　どうして、こんなことになってるんだ」

困惑する僕をよそに安藤くんはポケットに両手を入れて空を見上げた。

「そろそろ、答えを言うぞ」

誰に対する言葉だろう。素朴な疑問を抱いたけれど、その疑問は直感によって疑問の意義を失う。彼の言葉が白い平面に出力され、それを俯瞰《ふかん》する存在の存在が浮上したのだ。存在、それは僕。当然ながら僕以外の誰かも。誰か。誰かとは誰だ。

錯綜《さくそう》する思考を置き去りにし、安藤くんは、僕を見据えてさらに言葉を口にする。

「ここは、小説の中の世界だ」

目眩《めまい》を覚えた。信じ難い話だ。けれども信じざるを得なかった。

ここに至るまで、ありがちな展開や個性的なキャラクターが頻出していた。起伏に富んだ日常に違和感があった。それら全部、小説の中の出来事ならば納得できる。なにより世界が文章に感じられる理由が、その答え以外、考えられない。

「僕たちは、僕たちはフィクションに生きてるのかよ……」

そう嘆くと、安藤くんは平然と首を縦に振った。

「まあ、そう落ち込むなよ。生きてる自覚があるなら世界なんてなんでも良い。だいたいな、ここが小説ってことは読者がいるわけだが、その読者にしても現実を生きてるかどうかの確証も持たずに鼻をほじってんだ。気にすんなよ」

確かにその通りだ、と思った。

「確かにその通りだ」

浮かんだ言葉をそのままセリフにして出力すると、安藤くんは小さく肩をすくめた。

「でだ、憂慮すべきことは、他にある」

「物体の、消滅？」

「そういうことだな。この消滅を放っておくとヤバい。道端の吸い殻や零点の答案が消える分には構わないが、すでにクリティカルな物が消えている。空から降る水だ。時間の問題で干ばつが起きるぞ」

「そんなの、世界の危機じゃないか！」

動揺を露《あら》わにすると、安藤くんは気まずそうに周りを見た。

「場所を変えるか。こんなとこで男子高生が世界について語ってるのもヤバい」

「変えるって言っても、遮蔽物《しゃへいぶつ》がなくてどこも丸見えだ」

「屋上に行くぞ」

「あそこは立ち入り禁止で施錠《せじょう》されてるよ」

「もう施錠なんて意味がない、だろ？」

そう言って、安藤くんは皮肉な笑みを浮かべた。

空行を挟むと場面転換が行なわれる。時間が急速に進んだり、戻ったり、あるいは遠く離れた場所になったりする。→の空行で、僕と安藤くんは非常階段を上った。

屋上は誰もいなくて静かだった。そんな中、安藤くんは僕の顔を指差した。

「……それ、マジかよ！」

「え？　何が？」

「おいおいおい、ここに来るまでの間、会話してただろ？」

「あ、そうか、そういうパターンもあるのか。空行のときに歩きながら話していて、いまはその延長という設定なのか。で、僕は何を言ってたっけ？」

「お前は、消えたではなく、消されたと思った、って言ってたんだよ」

「そう、そうなんだよ。それ、ホントなんだ」

「じゃあ話が早い。俺の見立てと合致する――」

安藤くんが言うには、消滅現象を引き起こしている犯人がいるそうだ。その犯人を捕まえることで消滅を食い止めることが、あわよくば消えた物体を復活させることが、できるとのことだ。ちなみに当初は、僕が犯人だと思っていたらしい。

「なんで、安藤くんは……」

「安藤で良い。呼び捨てにしろよ」

「え、いや、初対面の人を呼び捨てにするのは失礼だろ」

「お前、面倒臭《くせ》えな。そういう問題じゃねえんだよ。俺とお前はこれから一緒に行動することが多い。いわゆるバディだ。くん付けだと、文字数が無駄にかさむ」

そう言われても納得ができず、僕はうつむいて

だから僕は、安藤、と呼ぶことにした。

〈中略〉

「安藤、よろしく」

「すげえ雑な処理だな。なんだよ中略って」

「いや、僕がやったんじゃないよ。勝手になったんだ」

「なるほど、そういう演出はコントロール不能か。神のまにまにだな」

安藤は吐き捨てるように言った。

「でさ、なんで安藤は犯人がいるって確信したんだよ」

仕切り直すように真顔で尋ねると、安藤はポケットに両手を入れて目を細めた。

「その話の前にルールを決めよう。会話のルールだ。俺の予想では、これから長い会話シーンになる。少しでもテンポ良くするため決まり事を設けるんだ」

僕は承知した旨《むね》を伝えるために細かく頷いた。

それを認めた安藤は、さっそく身振りを交えて話し始めた。

「まず、消えた物体について。消えた物体は、地の文でなら空白で……」

「ちょっと待って。じ、じのぶん？　じのぶんって、なに？」

「は？　お前、小説を読んだことないのかよ！」

「た、たまになら読むよ。最近だと、天国を舞台としたミステリーを読んだかな」

安藤は一瞬だけ文句を言いたげな顔をしたけれど、すぐに説明を再開した。

「お前の知識に合わせて話してやる。地の文っていうのは、小説の、セリフ以外の文章だ。つまりな、カギ括弧で囲まれていない、状況や心情を描写した箇所だ」

僕は深く頷いた。

「なるほどね。この、カギ括弧内はセリフで――」

そして、ここに書かれているのは地の文だ。

「そこまで理解したなら続き話すぞ。消えた物体は、地の文なら空白で表現できる。しかし、発音不能だからセリフ内では表現できない。かといって、テニスコートを囲んでいた緑色の針金を格子状に組んだ網、なんて毎回言ってられねえ。そこで、指示語を積極的に使おうと思う。指示語、分かるか？」

「指示語なら分かるよ。これでも現文の成績だけは良いんだ。こそあどだろ？」

「ああ。いわゆる、こそあど、だ。代表的なのだと、これ、それ、あれ、どれ、といった代名詞だな。それを使う。例えばこうだ。あれも消えている」

そう言って安藤は屋上の端を指差した。そこには落下防止用の　　　　　があったはずだけれど、なくなっていたのだった。

「あれはテニスコートのあれが消えたときに一緒に消えたんだろうね」

「その調子だ。次の提案するぞ。指示語以外にも方法がある。文章記号だ」

「文章記号って、カギ括弧、句読点、感嘆符！　疑問符？」

「他にもあるだろ？　そして、それを活用すると表現の幅が広がる。例えば」

「例えば？」

「…………」

「急に点々をいっぱい並べてどうしたんだよ」

「違《ちげ》えよ。俺は無言を表現したんだ。いま使ったのは三点リーダ。間を表現できる記号だ。似た用途のダッシュという記号もある。ダッシュの見た目は縦棒な――」

そこまで言うと、安藤は屋上の出入口に向かった。そして、施錠された鉄の　があったはずの大きな穴を見つめ、寂しげにセリフを呟いた。

「ここには……があった」

僕は感心して何度も頷き、それから名優に拍手を送った。

「凄《すご》い。指示語よりも詩的な感じだよ」

安藤はジェスチャーで僕の拍手を制してから再び口を開いた。

「ここまでが一つ目のルール。つまりな、今後は、まどろっこしいセリフは言うな」

「分かったよ。で、一つ目ってことは二つ目があるんだろ？」

「ああ。二つ目は簡単。お前は、余計なことを考えるな」

「え？　なんだよそれ」

「俺たちは世界を文章として見ることができる。でもな、俺がここまで鮮明に見れるようになったのは、さっきお前と接してからなんだ。そのとき気付いた。お前が視点者だってな。嚙み砕いて言うと、この小説は、お前の視点で書かれている」

「う、うん、言われてみれば、そうだね」

「お前が聞いた言葉はセリフになり、お前が考えたことは地の文になる。つまりな、お前が考え事をすればするほど地の文が増えてテンポが落ちるんだよ。考えるな」

　そんなことを言われても無理だと思った。かつてパスカルが自著「パンセ」に記した通り、人間は考える葦《あし》なのだ。すなわち考えを抱くからこそ人間は人間であるとも言える。安藤は、考えるな、と言うけれど、それは換言するならば、人権の剝奪《はくだつ》にほかならない。今日出会ったばかりの、いや、つい先ほど出会ったばかりと表現したほうが的確だろうか、とにかく、赤の他人と呼んでも差し支えない関係にもかかわらず、なぜ、このように卑《いや》しめられなければならないのだろう。

「待て待て待て。マジで！　余計なこと考えるな！」

「いや、でも、気持ちなんて自由に操れるものじゃないよ」

「そこは努力してくれよ」

　僕は不貞腐《ふてくさ》れながらも小さく頷いた。

僕「頑張ってはみるよ……って、なんだろこれ？　台本みたいだ」

安藤「なかなかやるな。これは良い考えだ。これなら地の文がなくて済む」

僕「いや、僕が意図的にこうしたわけじゃない。勝手になったんだ」

安藤「そんなことはどうでもいい。小説ではタブーとされてる表現方法だが、こうなったからには最大限利用させて貰おう」

僕「良いのかよ。タブーなんだろ？」

安藤「気にすんなよ。世間の大半の小説では、会話シーンにいるキャラは、頷いたり、首を傾《かし》げたり、肩をすくめたり、溜め息ついたり、それくらいのことしかしてねえ。そんなの割愛してもストーリーに支障はねえよ！」

僕「だ、大丈夫かよ。そんなこと断言して……」

安藤「この作品はフィクションであり、実在の人物、団体とは関係ありません」

僕「それ、僕に向かって喋《しゃべ》ってないよね？」

安藤「よーし、おかしなことになってるが、そろそろ本題を話すぞ」

僕「犯人がいるって確信した理由を教えてくれるんだよね？」

安藤「それも含めて順を追って説明する。この小説の設定について、と思って貰っても構わない。いいか？　この世界の住人は、基本、ここが小説の中だということを知らない。しかし、俺とお前は知っている」

僕「うん、そうだね。僕はさっき知ったばかりだけど……」

安藤「つまりだ、俺たちは、メタ認知能力者と呼べる」

僕「メタ認知能力者？」

安藤「メタ、直訳すると超越って意味だ。小説においては、第四の壁を越えるって意味になる。第四の壁、これは作品と読者との間にある壁を指す」

僕「それを越えるってことは、作品内で現実世界について触れられたりする、そういう描写がメタってこと？ キャラが読者に話しかけてくるとか」

安藤「そういうことだが、もっと簡単に解釈するならば、読者視点」

僕「ああ、だから、メタ認知能力者っていうのは、物語を読者視点で俯瞰する能力がある作中人物って意味か」

安藤「なかなか理解が早いな。その通りだ。読者の視点で、ここに至るまでの文章を見れる。それで、物体が消えても、もっと言うなら物体に関する記憶が消えても、前のページを捲《めく》ることで何が消えたか知ることができる」

僕「それができない能力者以外の人は物体の消滅に気付けない……」

安藤「逆に言うと、物体の消滅に気付いてる奴《やつ》は、能力者だ。でだ、メタ認知能力者には、物語を俯瞰する以外に、もう一つの能力がある」

僕「もう一つの能力か……あっ。安藤がページを戻した、あれだろ！」

安藤「大正解。冴《さ》えてるな」

僕「僕もページを戻せるの？」

安藤「たぶん、無理だ。これは俺だけの固有スキルだろうな」

僕「何が根拠だよ」

安藤「自分の能力に気付いてから何度も実験したんだ。視点者のお前が気付いてないから作中には描かれていないが、実は文章の繰り返しは何度も行なわれている。そんな中、物体が消えた。俺はすぐに察した。これは、俺と同じ能力者の仕業だってな。そこで、さらなる実験を試みることにした。俺も物体を消せるかどうか確かめたんだ。しかし消せなかった。どんなことをしても道端の吸い殻は消えなかったんだよ」

僕「零点の答案は？」

安藤「俺は高得点の答案しか持ってねえよ。ってか、話の腰を折るなよ。続き話すぞ。俺は物体を消せない。同様に消滅の犯人はページを戻せないらしく、俺の実験以外で同じ文章が繰り返された気配はない。以上のことから、メタ認知能力者にはそれぞれ固有スキルがある、と俺は考えた」

僕「僕にも何か特殊能力があるのかな？」

安藤「その可能性は高いだろうな。心当たりあるか？」

僕　「いやぁ、いまのところない……」

安藤　「まあ、メタ物語へのチケットを手に入れたばかりだしな。そのうち気付くんじゃねえかな。参考までに、俺のスキルを解説しとく。知っての通り、俺のスキルは、ページ戻しだ。発動条件は、何ページ戻れ、と声を出すこと。って、また体験させたほうが分かりやすいか……一ページ戻れ

僕　「いやぁ、いまのところない……」

安藤　「まあ、メタ物語へのチケットを手に入れたばかりだしな。そのうち気付くんじゃねえかな。参考までに、俺のスキルを解説しとく。知っての通り、俺のスキルは、ページ戻しだ。発動条件は、何ページ戻れ、と声を出すこと。って、また体験させたほうが分かりやすいか……分かったか？」

僕　「ああ、うん、なんとなく」

安藤　「いまのページを一ページ目として最大三ページ前まで戻せる。いまは何ページだ……いまは、四十六ページだから、やろうと思えば四十四ページの冒頭まで戻すことができた。ただし、一度戻したページからは、それ以上戻せない。つまり、もう四十六以前のページへ戻すことは不可能だ。ちなみに、このスキルは戻せるだけで、まったく同じ文章が繰り返される」

僕　「同じ文章を繰り返せて良いことあるのかよ」

安藤「ない。何もない。せいぜい気になったページを再確認するか、能力者をびっくりさせるか、それくらいの効果しかない。正直、ハズれスキルだ」

僕　「…………」

安藤「さて、ここまでの話で、お前が知りたがっていたことは……」

遠い声Ａ「おーい、ボールを取ってくれー」

遠い声Ｂ「ほらよー」

遠い声Ａ「サンキュー。助かったよー」

安藤「おいおいおい、余計な声を拾うなよ」

僕　「いや、でも、聞こえてきちゃったから……」

安藤「俺の話に集中しろ」

カラス「カーカーカー」

安藤「いい加減にしろよ。俺との会話のことだけ考えろ！」

僕　「分かった。分かったよ。ここまでの話で、どうして犯人がいると確信したのかも理解できた。それと、どうして僕を犯人と思ったのかも分かった。僕が物体の消滅に気付いてたから疑ったんだろ？」

安藤「ああ。しかし、鮮明になった文章を見て、お前が犯人ではないと知った」

僕「それなら、真犯人の手掛かりは、いまのところ何もない感じ？」

安藤「そうでもない。ここまでの情報だけでも推理は可能だ。まず犯人のスキル」

僕「物体を消す力だ」

安藤「それは正確さに欠けるな。俺たちの能力が小説のメタである以上、犯人のスキルも文章に影響を与えるものだ。つまり、言葉を消す力。物体が消えてるのは副次的効果に過ぎない。そして、消せる言葉は単語限定。助詞を含むものとかは無理だろうな。吸い殻は消せても道端の吸い殻だけを狙《ねら》い撃ちできはしない。また、単語は単語でも、いまのところ名詞しか消えてない。俺が同じスキルを持ってたら他の品詞も試してるぜ。犯人にしてもそうだろ。しかし消えてないから、名詞しか消せないと考えて良い」

僕「なるほど……」

安藤「それと、消せるのは作中に登場した言葉だけだ」

僕「そこまで分かるの？　なんで？」

安藤「俺の髪は金色だ。なんでか分かるか？　答えは、作中で金髪って書かれてたからだ。それに対して、お前の髪については何も書かれていない。目の前にお前はいるが、俺は、お前に髪があるか否《いな》か知らないんだよ」

僕「え？　少し耳にかかるくらいの黒髪があるよ」

安藤「おおー、やっと見えた。似合ってるじゃねえか。少し癖毛なんだな」

僕「え？　癖毛？　癖毛かなぁ……」

安藤「癖毛ってことにしとけよ。お前が認めた瞬間、お前は癖毛になる」

僕「そういえば癖毛だった。それで、この会話、なんの意味があるの？」

安藤「作中に登場していない物は、この世界に存在しているかどうかが分からないんだ。もう一つ例を言うぞ。この小説は、いまのところ服装に関する描写が一切ない。俺たちが服を着ているか否かが、まだ、分からない」

僕「いや、安藤は何度かポケットに手を入れてる」

安藤「この世界の住人は有袋《ゆうたい》類である可能性も否めない」

僕「そこは否もうよ。ちなみに、僕たちは制服を着てるよ。夏服で、上は白の半《はん》袖《そで》ワイシャツに臙脂《えんじ》色《いろ》のネクタイ、下はグレーのスラックス。靴は、ローファーを履いてる生徒が多いけど、僕と安藤はスニーカーだ」

安藤「お前のキャラなら、ネクタイはきっちり締めたほうがカッコ良いぞ……」

僕「あ、ありがとう、締め直してくれて……」

安藤「俺たち、裸じゃなくて良かったよ。世間の小説には服装の描写がないものが結構ある。あれな、登場人物たちは、みんな全裸だ！」

僕「大丈夫かよ。そんなこと言い切って……」

安藤「この作品はフィクションであり、中略。とりあえず、俺の言いたいことは分かったか？　作中に登場していない言葉は、この世界に存在していないに等しい。ない物は消せやしない」

僕「う、うん、分かった。でも、それが分かってもさ……」

安藤「犯人の人物像を考えるぞ。いま、消えた物は八つ。あれとあれとあれは犯人がスキルを試すために消した、と思われる。よりにもよってヤバい物を消しやがった。物語は始まったばかりで、犯人自身もスキルの詳細を分かってないんだ。残りの五つは侵入防止設備。ここから考えられるのは、犯人は、アホなコソ泥だ。ただし、世界を滅ぼせるコソ泥」

僕「タチが悪い。急いでどうにかしないと」

安藤「どうにかできるのは、お前と俺だ」

僕「僕たちが？　優れたスキルがあるわけでもないのに？」

安藤「ここが小説の中だと分かってる。これは強みだ。この世界はどうやら、元々は、お前を主人公とした学園ドラマだ」

僕「僕が主人公？　平凡男子の僕が？」

安藤「視点者がお前だろ。小説は、探偵の助手視点などの例外もあるが、大抵は視点者が主人公だ。平凡、良いんじゃねえか？」

僕「恐れ多い。で、それが？　話の着地点が見えないんだけど」

安藤「恋愛だかオカルトだかがメインの青春学園ドラマだったが、メタ認知能力者の出現により、超虚構ミステリー小説になっちまった。ただし、物語のお約束は踏襲されたままなんだよ。ベタなキャラ、ベタな展開、俺も含めてこの世界の住人は、設定や演出に引っ張られて生きている」

僕「ああ……僕の設定が平凡だとして、安藤は頭の回る陽キャかな」

安藤「甘いな。この小説は、いわゆるバディものに化けた。だから俺にはもう一つ大事な設定がある。それは、最高の相棒だ」

僕「ごめん、安藤が最高の相棒になれるとは思えないよ。クセが強過ぎる」

安藤「言ったな？　俺を舐《な》めんなよ。この物語が終わる頃には、お前はピーピー泣きながら俺に感謝するぜ。最高の相棒様！　ってな」

僕「期待しとくよ……」

安藤「とにかくな、物語上の定型的な設定や演出から、先の展開が読める。これを利用することで犯人を追跡できる、はずだ」

僕「……これで会話のシーンは終わりで良いかな？　そろそろ空行が欲しい」

安藤「ああ、一通りの説明は終えた」

僕「だいぶ遅くなっちゃったよ。雲が晴れて夕陽が綺《き》麗《れい》だ」

安藤「いまはまだ午後四時。夕陽なんてないな」

僕「あ、あれ？　ホントだ。空はまだ明るかった。混乱してきたよ……」

安藤「この世界のコツを早く摑《つか》めよ。さっそく明日から犯人捜しするぞ」

安藤は首を傾げて肩をすくめ、溜め息混じりに、そう言った。

次の日は土曜日に違いない。そう、土曜日で、学校は休みだった。

僕は、安藤と待ち合わせをしていた。午前十一時に向水学園駅の前で落ち合う予定だったのだ。ところが、朝から思わぬトラブルに見舞われて、ようやく現地に到着したのは予定より三十分以上も遅れてのことだった。

安藤は改札の前に立ち、ズボンのポケットに手を入れて不機嫌そうにしていた。そんな彼に駆け寄り、両手を合わせて頭を下げる。

「遅くなって、ごめん」

「連絡くらい入れろよ、心配しただろ」

ぶっきら棒にそう言う彼は、休日にもかかわらず制服を着ていた。

「あれ？　なんで制服なの？」

「お前だって制服を着てるだろ。これはな――」

安藤曰《いわ》く、これはキャラクター性の一環なのだそうだ。

パイプを咥《くわ》えた探偵、シルクハットを被《かぶ》った怪盗、そういった具合に小説では、各キャラクターの特徴を印象付けるため、アイテムやエピソードなど、総じて記号と呼ばれるものを、登場人物に付与する。この作品に関して言えば、瓶底眼鏡をかけた秀才、カリスマ性のある生徒会長、といった例が代表的だ。もちろん、僕はともかく、安藤には金髪という記号がすでに備わっている。ただし、学生という記号も重要だという理由から、向水学園の生徒は常に制服という設定になったのだろう、とのことだ。

確かに制服は分かりやすい記号だ。それに、僕たちの私服がどんなものなのかは、物語の進行にまったく関係がない。

僕は首肯でもって安藤の考えに同意を示した。

すると、安藤は探るような目で僕を見た。

「でだ、なんで遅刻したんだよ」

その言葉は次の展開に進むための合図と察し、僕は慎重に口を開いた。

「いや、実はさ、朝早くから――」

そこまで言ったとき、周辺の景色が変わった。

駅前にいたはずなのに、僕は街外れの河原に立っていた。足元は大きな砂利で、少し離れた場所には芝の植えられた土手がある。しかも太陽の位置が低い。その太陽は東側にあるので、どうやら、これは朝の光景のようだ。

空行を挟まずに場面転換が行なわれたのだ。

こういうパターンもあるのか、と小説の多彩な表現方法に感心しつつも、僕は急いでスマートフォンを取り出して、いまがいつなのかを念のため確認した。

ディスプレイに土曜の午前八時と表示される。

つまり、これは回想シーンだ。作中人物にとっては過去の出来事。

しかしながら、読者と同じように前のページを捲れる僕は、すでに安藤と落ち合ったことが分かっている。意識は午前十一時三十分頃のままだ。当然ながら、この後、この回想シーンで、何が起こるのかも知っている。

邪《よこしま》な感情が湧《わ》き上がった。もし、この回想シーン内で、起こったことと違う行動をすれば、歴史を改変できるのではないだろうか。できればトラブルは回避したい。

けれども、その考えは甘かった。意識とは関係なく、僕の足は目的地に向かった。

辿り着いた場所には、番長、郷田くんと、その取り巻きたちがいた。

「あ？　俺に文句でもあんのか？」

「あ、いや、僕、まだ何も言ってないよ……」

僕は早朝に郷田くんに呼び出されたのだった。普段であればそんな要求には応じないのだけれど、白鳥さんも一緒にいるとのことだったので、仕方なく、ここに来た。

白鳥さんの姿を探す。彼女は取り巻きたちの向こう側にいる。

「でさ、僕に、なんの用なの？」

そう尋ねると、郷田くんはキャッチャーミットのような大きな左手に、同じく大きな右手の拳《こぶし》を、バシバシと音を鳴らして叩《たた》きつけた。

「てめえ、白鳥と仲が良いよな！」

ちゃんと話もできるのか、と思いながら返事をする。

「ただの、幼馴染《おさななじみ》、だよ……」

「あ？　俺に文句でもあんのか？」

「文句なんてないよ。仮にさ、僕が白鳥さんと仲が良かったらなんなの？」

「やっぱりか！　こうなったら、白鳥を賭《か》けて、俺と決闘だ！」

意味が分からない。郷田くんが何を言っているのかも分からないし、なぜこんなシーンが挿入されているのか、その物語上の必然性も分からない。

戸惑っていると、白鳥さんの声が響いた。

「わたしのために争わないで！」

こちらに来ようとする彼女の進路を取り巻きたちが塞《ふさ》ぐ。

それを横目に、郷田くんが、ポキポキと指を鳴らす。

「俺が勝ったら白鳥は俺のもんだ。さあ、やるぞ……」

「いや、やらないよ」

「あ？　俺に文句でもあんのか？」

こんな茶番をしている場合ではない。早く犯人を捕まえなければならない。気持ちが急《せ》いていた僕は、珍しく苛立《いらだ》ちを覚えたのだった。

「文句？　文句ならあるよ。大ありだよ。番長キャラならさ、女子に絡《から》まないで、硬派を貫きなよ。それと、彼女は僕たちの物ではない。彼女は彼女自身のものだ」

郷田くんは、なぜか、豪快に笑い始めた。

「なかなかやるじゃねえか」

そして、なぜか、握手を求めてきた。

事態の早期収拾を望んでいた僕は、意味が分からないながらも握手に応じた。

「てめえと俺は、これで、マブダチだ！」

何人いるのか分からない取り巻きたちが、へへへ、と鼻を擦りながらやって来て、僕の了承も得ずに肩を組んでくる。その様子を見た白鳥さんが、「男子って馬鹿《ばか》ね」と言いながら微笑《ほほえ》む。その後、僕たちは宴《うたげ》と称してアイスキャンディをみんなで食べた。

こうして、友達が少なかった僕に、沢山の仲間ができたのだった――。

雑踏の音が聞こえる。景色は駅前に戻っていた。はたして、必要な回想シーンだったのだろうか。そう悩んでいると、安藤が僕の顔を指差した。

「……それ、マジかよ！」

　おそらく、回想シーンの最中に僕から話を聞かされた、という設定になっているのだろう。そうでなくとも安藤は僕と同様に前のページを見ることができる。つまり、彼のセリフは今朝の出来事に対するコメントだ。それを踏まえて応対する。

「うん。ホントだよ」

「その話で確信できたぜ……」

　安藤は顎《あご》に手をあて、にやつきながら一人で何度も頷《うなず》いた。

「あのさ、そういう意味深な態度、僕、あんまり好きじゃないんだけど」

「うるせえな。これは読者を先へ促すための演出だ」

　そう言ってから安藤は、今度は、腕を組んで唸《うな》り始めた。

「それも先へ促すための演出？」

「違《ちげ》えよ。会話で説明するか、地の文で説明して貰《もら》うか、それを悩んでんだ」

「会話と地の文のハイブリッドじゃ駄目なの？」

「おお、それにしよう。始めるぞ。この小説では、物語の圧縮が起こっている――」

　安藤は、見解を語り始めた。

　この小説は、僕の起床シーンで始まり、次いで登校シーンとなった。その登校シーンにおいて、個性的なキャラクターが次々と現れ、場面転換も挟まずに定型的なイベントが頻発した。学園ドラマとしては、情報の密度が高過ぎる。

そこへきて、追い打ちをかけるように、今朝の郷田くんとの出来事が発生した。

「普通はな、物語二日目に決闘イベントなんて起こらねえよ」

「まあ、急展開だよね」

「だいたい、そういう決闘は、放課後、夕陽をバックにやるもんだ。休日の朝早くにやることじゃねえよ。いずれにしても、学園ドラマの展開が急ぎ足なんだ――」

元々、この小説は学園ドラマだった。それが、メタ認知能力者の出現というイレギュラーな事態が発生して、ミステリーメインの小説になってしまった。結果、学園ドラマが圧縮されてしまったと、安藤は考えているそうだ。

「でもさ、学園ドラマの圧縮が判明したからって、にやつくほど嬉《うれ》しい？」

「考えてみろよ。学園ドラマが圧縮されたなら、他も圧縮できる可能性があるだろ」

「あ、そうか、ミステリー部分も圧縮されるかもしれないのか」

つまり、犯人をすぐ捕まえることも可能ということだ。

あいにく僕たちは、ここまでのページしか見ることができず、総ページ数は分からない。けれども一般的な小説が三百ページ程度ということを踏まえると、現在の五十八ページは、まだ序盤のはずだ。普通、序盤で犯人が捕まることはあり得ない。ただし、それは普通ならばだ。すでに学園ドラマが圧縮されてミステリーになったという前例がある以上、逆に、ミステリーが圧縮されて学園ドラマに戻ることもあり得る。

「そういうことだ。さすがに次のページで解決したら読者に怒られるだろうけどな」

「怒られたとしても、この世界に生きる僕からすれば早く平和になって欲しいよ」

「そうと決まれば、さっそく、コソ泥を捕まえに行くぞ」

安藤は早足で改札へと向かった。僕は慌《あわ》ててそのあとを追った。

空行を挟まずに移動する。安藤の提案によって数駅離れた街へ行くことになった。まだ詳細は聞かされていないけれど、彼には犯人を捕まえる作戦があるそうだ。

駅のホームからは線路への転落を防ぐためのホーム　　が消えていた。滑り込んできた電車からも　　が消えている。正直、そんな物騒な乗り物には乗りたくなかった。カーブで振り落とされる可能性があるのだ。けれども、乗らなければ遠出ができないので仕方なく乗った。乗ると同時にアナウンスが聞こえてくる。まもなく発車します、というものだ。続く言葉は確か、閉まる　　にご注意ください、だったはずだ。言葉が消えたいま、どういうアナウンスになるのだろう。そう思って耳を澄ます。

「閉まらない出入口にご注意ください」

含みのある言葉に聞こえた。僕と安藤は車両の中ほどまで進んだ。

座席は埋まっていたので吊《つ》り革に掴まって立つ。風が強い。とても強い。　　もないからだ。しかしながら、僕たち以外の乗客は平然としていた。

消滅現象が発生してから一日が経《た》ち、人々の行動様式について少し分かってきた。

　前述の通り、メタ認知能力者以外の人たちは、物体の消滅に気が付けない。ただし消滅以降、そこに物体がないということは認識している。それにもかかわらず、基本的には、物体があった頃の習慣に従っているのだ。電車に　や　がなくても誰も不自由を感じていない。登校中の生徒たちは律儀《りちぎ》に　があった場所を通って学内に入る。そして侵入防止設備がなくても、勝手に他人の敷地には入らない。

「ただし、コソ泥は別だけどな」

　と、突然、安藤が僕の思考に割り込むように言った。文章を鮮明に読むことができる彼には、僕の考えていることが筒抜けなのだ。さらに安藤は言う。

「コソ泥と言っても、消滅の犯人のことじゃなくて一般的な空き巣のことな」

「分かってるよ。それよりもさ、必要なとき以外、文章を見ないで欲しいんだけど」

　そう不貞腐れ気味に言葉を返すと、安藤は肩をすくめた。

「悪い悪い、恥ずかしいよな。ただな、いまは丁度、そろそろコソ泥の話をしようと思って、ここまでのページを確認してたんだ」

「コソ泥って、どっちの？　犯人？　空き巣？」

「もちろん犯人」

　また込み入った話が始まるのではないかと思い、身構える。

　ところが、彼の口から出てきたのは、世間話だった。

「お前さ、近々遠くに出掛ける予定あるか？　例えばイギリス旅行とか」

「予定なんてないよ。期末試験が近いのに旅行に行くわけないだろ」

「じゃあ、コソ泥は近所にいるな」

　話の飛躍が激し過ぎて、まったくついていけない。

「ど、どういう意味？」

「この小説の視点者はお前だろ？　だから、物語の展開上、いつか必ず犯人はお前の前に現れる。つまり、犯人は会える範囲内にいる」

「なるほど、理解した」

「かといって、家とか道端とかでは、会敵しても映《ば》えないから会える確率は低い。演出上、犯人との遭遇シーンは、盛り上がる場所だ。そこでだ……」

「そこで、電撃作戦だ！」

「今後しばらく、俺とお前で、派手な施設に遊びに行こうと思う。楽しみだな」

　期待していたものとは違った。僕は、不満を露わにした。

「え、遊ぶだけって、そんな暢気《のんき》なことで良いのかよ」

「そう言うけどな、実際、俺調べによれば、小説では特徴的な場所での会敵率が高いんだ。それにな、こうでもしねえと場面転換の後に、あれから一週間が経った、みたいな地の文と共に被害状況を淡々と説明することになるぞ」

返す言葉が思い浮かばず、黙り込む。すると安藤は声音を優しくした。

「焦《あせ》るなよ。何度も言ってるが、どうせ犯人はコソ泥だ。あれが消えちまったことはともかく、これ以上、エグい物は消しやしねえよ。それと、これを見てみろ」

そう言って、彼は↖を指差した。僕は車両の天井を見上げた。

「そっちじゃねえよ。ページの上を見ろって言ったんだ。そこには第一章って書いてある。小説の第一章で犯人は大それたことはしねえ。せいぜい幕開けのジャブだけだ。なによりな、この小説は、視点者のお前の影響か、どう考えてもライトな作風だ。人が死んだりとかしない。どう転んでも、デカい事件は起きやしない。焦るなよ」

僕は頷いた。彼の軽薄な雰囲気は好きではないけれど、信頼はしているからだ。

電車は高架に差し掛かり、次第に景色が下へとスライドしていく。見下ろす街並みには商業施設が増えてきた。大きな通りもある。地元から離れたのだと実感する。

「さて、楽しくやろうぜ、相棒」

安藤はそう言って、お道化《どけ》るように笑った。

あれから十分間が経った。さすがにまだ消滅による被害は発生していない。

僕と安藤は市内最大のターミナル駅、新向水駅に降り立った。この新向水の街の中心部には、ムコシティという大きな商業ビルがある。そこが今日の目的地だ。

　ムコシティは、最上階がスタジオになっていて、週末になるとライブが行なわれている。そのライブを僕たちは観る予定だ。安藤曰く、ライブ中の犯人との遭遇は見映えがするらしい。ちなみに彼は興奮気味に出演バンドの名前を口にしていた。

　駅前には片側四車線の大通りがあり、絶え間なく車が走っていた。車はいずれも、当然ながら　と　がなく、どことなく遊具のゴーカートを思わせる。ただし時速は六十キロ。電車と同様、乗っても楽しくなさそうな遊具だ。

　車道の手前にある歩道も幅が広く、いかにも脇役《わきやく》といった佇《たたず》まいの人々が、右から左へ、左から右へと流れていた。誰もが結構な速さで歩いているにもかかわらず、一人も他人とぶつかっていないのは何気に凄い。

　さすがは都会だ。僕たちが暮らす住宅街とは見える景色が違う。賑《にぎ》やかだ。

　その賑やかな街を見つめていると、ふと、奇妙な感覚がした。

「まだ時間あるから飯にするぞ……って、ぼんやりしてどうしたんだよ」

「え、あ、なんか、変な感じがしてさ」

「はあ？　俺、変だった？」

「安藤は常に変だと思うよ。そうじゃなくて、視線を感じた気がするんだ」

「それ、マジかよ！　たぶん伏線だ。犯人もこの街にいるんだ。ってことは、さっそく俺の作戦が成功してライブ会場で事件解決だな。よし、前祝いの乾杯しようぜ」

安藤に手を引かれて駅構内の喫茶店に入る。ここはチェーン店で

〈中略〉

なぜなら、マスターは恋愛ドラマの登場人物と察せられたからだ。僕と安藤は目配せをし、大通りを交差点方面に向けて歩き始めた。その交差点の近くに、目的のムコシティはある。安藤の見立てによると、犯人と遭遇さえすれば、ミステリーの特性上、犯人は勝手に自白し、勝手に観念するそうだ。僕はその考えに懐疑的ではあったけれど、解決へのヒントくらいは得られるだろうと思い、前向きに歩を進めた。

道中、消えている物を見つけた。何も貼《は》られていない街頭掲示板がいくつもあったのだった。つまり、壁などに貼る広告や標語などを喧伝《けんでん》するための紙、　　が、消滅したのだ。これで、学校の昇降口にあった開放厳禁の紙もなくなったことだろう。

次いで、　　の消滅にも気が付いた。コンビニで今日のライブの　　を購入しようとしたら、それは存在していなかったのだ。会場の受付で現金を支払うことになるのだろうか、行ってみなければ分からない。他にも、色々と消えているようだ。犯人がスキルの実験を繰り返しているのだろう。　　や　　の姿も見えない。

そして、　　もなくなっていた。通りに面したショップのガラス張りの飾り棚が消えていたのだ。それを見て思う。ここに至るまで、　　という単語が登場した記憶はない。作中に登場していない言葉は消せないはずだ。

「あのさ、安藤。あれなんだけど、あれが消えたとき、あれをあれだと思った？　僕はあれをあれだと思ったんだけど、あれって、あれとかあれとも言うだろ？」

「あれが多過ぎて、なに言ってんのか分かんねえよ」

　おそらく、テニスコートを囲む　　　が消えると同時に、同じ意味を持つ言葉、や、　　も消えている。同様に壁に設けられた開閉式のガラス板、すなわち　が消された際、カタカナ表記の　　　も消えたのだろう。考えてみると、駅のホーム　が なくなっていたけれど、　という単語も作中に登場していない。消されたのは漢字一文字の　だ。そういったことを伝えたかったのだけれど、消えた物体について説明をするのは難しかった。そこで、例え話を始める。

「例えばさ、仮に犯人が、車輪、を消したとするだろ。そのとき、自動車の下にある車輪が消えるから、タイヤやホイールなんかも一緒に消えるんだ。つまり、一つの言葉を消すだけでも、類似する言葉が全部消えるんじゃないかな？」

「ああ、たぶん、そうだろうな」

　そんな話をしているうちに僕たちは交差点に辿《たど》り着いた。道の向こう側には、大きな商業ビル、ムコシティが見える。この街はどこも賑わっているけれど、ムコシティの前は特に人が多かった。ビル壁面に設置された大型ビジョンを見上げる人、一階のクレープ屋に並ぶ人、そんな人たちを眺めながら信号が変わるのを待つ。

やがて、信号が変わった。

そのとき大型ビジョンの画面にノイズが走り、放映中のCMがプツリと消えた。ハウリングのような甲高い音が響く。その音が鳴り止《や》むと、再び画面に光が灯《とも》り、今度は人影が映し出された。胸より上が映ってはいるものの性別さえ不明。その人影は、逆光のせいか、輪郭しか分からなかった。僕は、何事かと思って画面を注視する。

しばらくすると、街中に、人影のものと思われる声が響いた。

「これは消滅ではなく、昇天です……」

それは、ボイスチェンジャーを使っているのか、機械的な声だ。

「かつて人類の魂は、天上の世界で、あらゆる事象の理想である、イデアのみを見ていました。しかし、地上の世界に追放され、肉体という牢獄《ろうごく》に閉じ込められたいま、人類は、イデアを見ることができなくなってしまった……」

消滅というフレーズを使っている以上、この人影こそ犯人だ。横目で安藤を見てみると、彼も同じことを思っているのか、険しい面持ちで画面を睨《にら》んでいた。

「イデアは高次の理性でもってしか認知できない。イデアは不滅、イデアこそ本質にもかかわらずです。この世界を埋める物体、あるいは言葉による定義は、イデアの稚拙な模倣品に過ぎません。いわば偽物《にせもの》。この偽物の外面さえなくなれば、内面深くに眠る本質は光を取り戻し、人類は、再びイデアに相まみえるでしょう……」

画面に視点を定めたまま安藤に話しかける。

「あのさ、この人影が犯人だよね？　コソ泥には思えないんだけど」

「ああ。推理がハズれたみたいだ。とりあえず言い分を聞いてやろうぜ」

そのやり取りの最中にも人影の話は続いている。

「だからこそ、消した。イデアのみの天上の世界を蘇《よみがえ》らせるため、物体を、言葉を、消した。これからも、消し続けていく……」

僕と安藤からしてみれば犯人は恐ろしいことを言っている。けれども他の人々は、物体が消えたことに気付いていないためか、惚《とぼ》けた顔で画面を見上げている。

そんな人々を嘲《あざけ》るように、人影は、さらに言葉を続ける。

「さあ、浄化の狼煙《のろし》として、この言葉を捧《ささ》げましょう。車輪、消えろ！」

画面が暗転した瞬間、辺りは混乱に陥った。

通りを走る自動車は制御を失い、火花を散らしながら滑走する。あるものは柱に衝突し、あるものは歩道に乗り上げ、鈍い音と共に姿かたちを崩していく。バイクは急激な失速によって自らに跨《また》る人を投げ捨て、さらにその人をすり潰《つぶ》す。

破裂した音、湿った音、様々な音が混ざり合い、嵐《あらし》のような轟音《ごうおん》がとどろいた。

高い位置からも音がする。高架上の電車が脱線していた。傾いた車両は人を吐き出した。吐き出された人々は花びらのように散って舞う。いや、舞った末に散る。

電車自体も落下して家屋に頭をめり込ませた。どこかで電線でも切れたのか、閃光《せんこう》が瞬《またた》いた。何かの燃料が引火したのだろう、方々から火の手があがった。

僕のすぐ横を自動車が掠《かす》めた。と同時に、林檎《りんご》のような塊が足元に転がった。それは形を留めていて男性の手首だと分かった。指輪が嵌《は》められている。奥さんがいるのだろう。子供もいるかもしれない。幸福な家庭があったはずだ。でもそれは失われた。

赤い赤い赤い。立ち昇った炎が大きくなって辺りを照らしている。かつて自動車だった物から液体が絞り出されている。僕は、吐き気を催して咄嗟《とっさ》に口元を押さえた。

安藤がこちらに手を伸ばし、そんな僕の目を塞ぐ。

「落ち着け！　余計なこと考えるな！」

目の前は暗くなった。鉄の焼ける臭《にお》いがした。悲痛な叫びが聞こえた。

いくつもの命が、消えた——。

その日の夜、世界中で何億もの人が亡《な》くなったというニュースが報じられた。

犯人が起こしたことは、紛れもなく、デカい事件、だった。

第二章

事象が消えゆく世界

イデアとは、哲学者プラトンが提唱した概念だ。

元々はギリシャ語の「見られるもの」という意味だけれど、プラトンはそれを、精神の目によって見ることができる「真の姿」と定義した。すなわちイデアとは、五感によって認識できるすべての物体やすべての事象の向こう側にある実在、それを指す。

机のイデア、植物のイデア、ベッドのイデア、その他諸々《もろもろ》、イデアは無数にあり、この世界に存在する物体は漏れなくイデアに似せて作られたとされている。いわば、イデアは理想の姿。すべてが目指す手本。それは物体だけでなく、形のないものに対しても同じことが言えて、知恵のイデア、夜のイデア、読書のイデア、といった具合に、それぞれの理想形が用意されている。もちろん、溜《た》め息《いき》のイデアもあるはずだ。

「はぁ……」

僕は深い溜め息をついた。理想の溜め息とはどんなものだろう、と思う。

読みかけの本を枕元《まくらもと》に投げ出す。神野さんから借りたプラトンの本だ。それらの本はイデアについて書かれていた。「国家」、「パイドン」、「メノン」、全部を読み終えてはいないけれど、どういう本かは十分に分かった。決してイデアについて完全に理解したわけではない。退屈な対話集だということが分かったのだ。終始、理屈っぽく、回りくどく、登場人物たちは真偽を問われるとゼウスに誓ってばかりいる。

再び溜め息をつく。その息は熱い。　　　がないためにエアコンの効きが悪いからだ。

　僕は、自室のベッドで横になっていた。

　昨日の土曜日、惨劇を目《ま》の当《あ》たりにした僕と安藤は、一時間以上かけて徒歩で帰宅した。大きな通り沿いはどこも酷《ひど》い有り様だった。事故自体もさることながら、救助が進まないという状況が駄目押しとなっているようだった。いま最もスタンダードな運搬手段は駕籠《かご》で、事故から三十時間が経過した現在も対応は捗《はかど》っていないそうだ。

　ただし、学園高等部周辺は落ち着いていた。事故がまったく起きていないというわけではないけれど、この辺りの住宅街は制限速度が厳しく規定されていて、それが幸いしたのだと思う。隣の家に住む白鳥さんも無事だった。聞き及んでいる限りでは近隣で亡《な》くなった人はいない。けれど――。

　スマートフォンの通知音が鳴った。父からの連絡だと思い、僕は急いでディスプレイを確認した。しかしながら、そこに表示されたのは、向水学園教務部からのメールだった。「明日、月曜日は、臨時休校とします。」という内容だ。こんな状況では授業などやっていられないだろう。当たり前だ。そう思ってスマートフォンを放り投げる。

　父は、一昨日から一泊二日の出張に出ていた。本来ならば昨日の夜には帰宅するはずだったのだけれど、未《いま》だに帰ってきていない。その上、携帯電話会社の基地局が一部破損してしまっているのか、連絡もつかない状況だ。いつも無駄に元気な母でさえ、昨日から伏せってしまっている。家の中は暗い。

いつの間にか家の外も暗くなっていた。陽が落ちたのだ。けれども、一向に暑さが引かない。例年ならば本格的な夏はまだ先だけれど、空から降る水が消されてしまったことにより、一足先に気温が上昇しているようだ。その暑さが、さらに苛立《いらだ》ちを煽《あお》る。

なぜ、こんなことに、なってしまったんだ――。

そのとき、またスマートフォンが鳴った。安藤からの着信だった。

「よう、元気にしてるかー？」

通話ボタンを押すと、そんな明るい声がスピーカーから聞こえてきた。

「なんで、こんなときに陽気でいられるんだよ……」

「落ち込んでもしょうがねえだろ。それより学校からのメール見たか？　明日は休みだってよ。犯人を捜しに行こうぜ」

「もっと先に言うことがあるだろ。デカい事件は起きないんじゃなかったのかよ」

「悪い。俺のせいでフラグが立っちまったのかもな。要は、デカい事件は起きやしないって発言が、伏線として機能しちまったのかも」

「どうするんだよ。人が、いっぱい死んだぞ。そんな発言しなければ良かったんだ！」

声を荒げると、無言の間が生じた。しばらくして淡々とした声が耳に届く。

「……そう言うけどな、それ言ったらお前の例え話もだろ。あんな話さえしなければ乗り物の部品の名称なんて作中に登場する機会はなかった」

そんなことは分かっていた。その事実を受け止めることができなくて、安藤に八つ当たりをしてしまった。僕は、何も言い返せなかった。

すると、階下から「ただいまー」という声が聞こえてきた。

スマートフォンを持って廊下に顔を出し、一階の様子を窺《うかが》う。視線の先、階段のすぐ近くにある玄関には、父が立っていた。父は、火が点《つ》いていない煙草《たばこ》を咥《くわ》え、暢気《のんき》に笑っていた。そんな父に母が駆け寄って泣きながら抱き付く。

その様子を見て胸を撫《な》で下ろし、僕は、冷静になれた。

「安藤、ごめん、酷いことを言って。安藤は悪くない……」

「いいや、俺も余計なこと言っちまった。すまなかった。悪いのは犯人だ……」

僕は力強く頷《うなず》いた。もちろんその様子は電話の向こう側の人に見えるわけがない。けれども、地の文を読むことができる安藤になら伝わったはずだ。案の定、安藤は僕の決意を汲《く》み取り、今後の予定について話を振ってきた。

打ち合わせを終えて通話を切ると、気のせいか、部屋が涼しく感じられた。

いまは月曜日に違いない。僕と安藤は、再び新向水に赴いた。

さっそく、目的の商業ビル、ムコシティへ向かう。犯人の痕跡《こんせき》を確かめるためにだ。

「大型ビジョンってな、大半が遠隔地からネットを通じて放映されてんだ」

安藤が歩きながらそう言った。

「遠隔地からって、一昨日、この街に犯人はいなかったかもしれないってこと？」

「現状、その可能性も否《いな》めない。しかし、ムコシティは少し特殊なんだ——」

各地の大型ビジョンで放映されているものは、ほとんどがCMだ。クライアントから提供された動画を、管理会社がオフィスから送信して映しているらしい。ただしムコシティに関しては、CMに加えて、最上階のスタジオで行なわれているイベントのライブ映像を流すことが多い。安藤の予想によれば、大型ビジョンを操作する機器がそのスタジオにあるだろうとのことだ。その話を聞いて、僕は、首を傾《かし》げた。

「犯人が事件当日に現場にいたとして、そこから得られる情報ってある？」

「それはどこにいたか確定してから考えようぜ。いまは地道に調べるしかない」

曖昧《あいまい》に頷き、それから僕は周囲に視線を這《は》わした。未だ大通りには事故車両が山積している。遺体の収容は、少なくとも見える範囲については、完了しているようだ。

自衛隊だろうか、見慣れないヘリコプターやホバークラフトの姿があった。といっても、たった数台。大半の乗り物が使用不可能になる状況なんて想定していなかったのだろう。当然といえば当然だ。誰も事故の原因さえ分かっていない。無駄な行為の例えとして、　　の再発明、という慣用句があるけれど、いまとなっては再発明が待ち望まれる。しかしながら、　　という言葉が蘇《よみがえ》らない限り、そんな未来はやって来ない。

「さすがに休館みたいだな」

ムコシティに到着すると同時に安藤は言った。館内の明かりが消えている。休館を知らせる　　　　などは貼《は》られていないけれど、明らかに営業していない。僕たちは迷わず開きっ放しの出入口をくぐり、　　のないエレベータで最上階を目指した。

最上階の七階に着くと、そこには小さな受付があった。そして、そのすぐ先が多目的スタジオになっていた。明かりを点ける。それほど広い空間ではない。せいぜいキャパシティは百人程度。ステージも、階段を使わずに上がれる小さなものだ。客席は、椅子《いす》が設置されていなくて、傾斜の緩い雛壇《ひなだん》になっている。その雛壇の最後尾に、エフェクトスタッフが作業するための部屋、いわゆる調整室があった。

安藤がその部屋を親指で示し、二人で室内へ向かう。

調整室には、音響機材や調光器、何台ものディスプレイが並んでいた。安藤はその機械類を一瞥《いちべつ》すると、最奥《さいおう》にある金属製の棚に近付き、黒くて薄い筐体《きょうたい》に触れた。

「あった。予想通りだ」

「それ、なに？」

「ビデオプロセッサ。大型ビジョンやデジタルサイネージに信号を送る再生機だ」

「へえ、よく知ってるね」

会話をしながらも、安藤は筐体の裏側などを調べていた。

「うちの学校の放送室に同じ物が置いてあるんだ……うん、入力端子がすべて抜かれてるな。間違いない。犯人はここで、あの、クソみたいな演説をしたんだ。HDMI変換コネクタでも一本あればスマホの映像も流すことができる。ボイスチェンジャーアプリは世間に山程ある。映像の乗っ取り自体は簡単だ」

乗っ取り自体、という言い回しに含みを感じ、考えを巡らせる。

「……乗っ取りが簡単でも、ライブ直前だったし、ここには人が大勢いたはずだ」

「それなんだよな。犯人はスキルを使って、この会場を空にしたんだろうな。何か言葉を消したんだ。例えば、ライブスタッフ、バンドメンバー、アーチスト……」

「怖いこと言わないでくれよ。人を消すなんて考えたくない」

「あくまで例えだ。発音できたってことは消されてねえ。ただな、一昨日《おととい》、宣伝用の壁に貼る紙や入場時に使う小さな証明書が消されてる。これはライブを中止させようと試行錯誤した形跡に思えるんだ。最終的に、犯人は何を消したんだ……」

安藤は腕を組んで下唇を噛《か》んだ。

「あのさ、今更だけど、侵入防止設備って、ここへ侵入するために消したのかな？」

「そうだろうな……いいや、それにしては消し過ぎだ。ムコシティへの侵入が目的なら出入口の板さえ消せば十分だ。直前まで、侵入場所が決まってなかったのか……」

「どういうこと？」

尋ねると、安藤は得心したように何度も深く頷いた。

「一昨日の犯行声明は物体消滅に気付いてない人間には意味不明な内容だ。つまり、俺たちに対する宣戦布告だったんだ。犯人もメタ認知能力者ってことは、どこまで鮮明かは分からないが、ページを見ることができる。それで、主人公が犯人捜しをすることになるだろうと察し、早い段階から威嚇《いかく》のためのデカい事件を計画していた」

「威嚇のためにあんなことをしたのかよ……」

「しかし、お前がどこに行くのかが分からなかった。そこで、あらゆる可能性を考慮して、あらかじめ色んな侵入防止設備を消しておいたんだろうな。結果的に警備が薄いムコシティが舞台になったが、俺たちがこの街に来なくても、お前が変な例え話をしなくても、犯人は、いつかどこかでデカい事件を起こしたはずだ」

僕自身の責任は軽くなった気がするけれど、喜べはしなかった。言葉が出ない。そんな僕のことを安藤は見つめ、ゆっくりと話の続きを語りだした。

「問題は犯人がいつここに狙《ねら》いを定めたかだ。おそらく、一昨日、俺たちは尾行されていた。そして、目的地が判明してから、犯人は先回りしてここに来た」

あのときのことを振り返る。

「ってことは、新向水に着いた直後に感じた視線は気のせいじゃなかったのか――」

そう呟《つぶや》いた瞬間、辺りの景色が変わった。

僕は、新向水の駅前に立ち、街並みを見つめていた。隣には安藤が立っている。これは回想シーンに違いない。事件前、土曜日昼頃の風景だ。

　けれども、当時とは少し様子が違った。車道を走る自動車から　　が失われていたのだった。おそらく過去の風景に対しても犯人のスキルが影響しているのだろう。犯人のスキルは、小説から言葉を消す、というものだ。つまり、たとえ過去の出来事であっても、消滅以降に出力された描写については、消された物体がなくなってしまうのだ。ただし過去は決して変わることはない。そのため、　　がなくとも自動車は当時と同じ軌道で走っている。まるで空を飛ぶ車だ。

　変化があったのはそれくらいで、他は一昨日に見た景色と同じだった。車道の手前にある幅の広い歩道には、いかにも脇役《わきやく》といった佇《たたず》まいの人々が沢山歩いている。

　その賑《にぎ》やかな街を見つめていると、ふと、奇妙な感覚がした。視線を感じたのだ。

　いま、僕たちを尾行中の犯人が、近くにいるはずだ——。

　そう考えて周囲に注意を向けると、それは、いた。すぐ目の前に人が立っていたのだった。すぐ目の前、それこそ手を伸ばせば届く距離に、不審な人物がいたのだ。

　その人物は、僕の目の前で直立し、こちらをじっと見つめていた。不審を通り越して不気味でさえある。犯人だ。犯人に間違いない。何者なのかを記憶に留めるため、その容姿を念入りに観察する。ところが、何も分からなかった。

犯人には顔がなかった。いや、顔はあるのだけれど、それは酷く曖昧で、認識することができなかった。顔だけではない、背格好も不明だ。極端に存在感が薄いため、当時の僕たちはこの人物に気付くことができなかった。

まるで風景。あるいは、いかにも脇役といった佇まい。

そんな、どこにでもいる雰囲気と、直立して見つめるという挙動とのギャップが、ますます不気味さを醸《かも》している。僕は怯《おび》えた。すると、隣に立つ安藤が口を開いた。

「まだ時間あるから飯にするぞ……って、ぼんやりしてどうしたんだよ」

あのときと同じセリフだ。過去は変わらない。それは分かっているけれど、いま犯人を捕まえれば、デカい事件を防げる。僕は犯人の存在を伝えようとした。けれど、

「え、あ、なんか、変な感じがしてさ」

意志に反して口から出た言葉は、やはり、当時と同じものだった。

「はあ？　俺、変だった？」

そんな軽口を叩《たた》いている場合ではない。安藤、気付いてくれ。犯人はそこにいる。手の届く距離にいるんだ。そう強く念じても思い通りに口は動かない。

「安藤は常に変だと思うよ。そうじゃなくて、視線を感じた気がするんだ」

不気味な人物、犯人は、存在を気付かれていないと確信したのか、嘲笑《あざわら》うように、前に進み出て、僕の顔を覗《のぞ》き込んだ。そのタイミングで安藤が僕を指差す。

「それ、マジかよ！　たぶん伏線だ。犯人もこの街にいるんだ。ってことは、さっそく俺の作戦が成功してライブ会場で事件解決だな。よし、前祝いの乾杯しようぜ」

安藤に手を引かれ、僕は駅構内の喫茶店へと歩き始めた。視界の隅に犯人の姿があった。犯人は、寂しげに笑い、それからムコシティ方面へ去っていった――。

「僕たちが昼食を食べてる最中に、犯人は、準備を整えたのか……」

ようやく思い通りに口を動かすことができた。

周囲の景色は、ムコシティのスタジオに戻っていた。

回想シーンの文章を読んだと思われる安藤が、目を丸くして僕を見る。

「なんだよ、いまの回想。犯人に姿がなかったぞ」

「姿はあったよ。でも、それを認識することができなかった。脇役の姿みたいに」

「あり得ねえだろ。犯人だぞ。主要人物だ。姿を認識できなくするために何か言葉を消したに違いない。例えば、容姿、顔、背格好……」

「そういった言葉を消したら僕たちの外見もなくなっちゃうだろ？」

「だよな……分かんねえ。犯人は何をしたんだ……」

安藤は、ズボンのポケットに両手を入れ、苛立たしげにつま先で床を叩いた。コツコツと規則的な音がする。それは答えが出るまでのカウントダウンタイマーの音のように感じられ、僕は、黙って様子を見守った。やがて、タイマーが零《ゼロ》を示す。

「……よし、閃《ひらめ》いた！　まずは昼飯にしよう」

それが安藤の答えだった。

僕と安藤は、→の空行の間に、コンビニまで買い出しに行った。そして、犯人について話をするならば誰もいないムコシティが好都合と考え、再びスタジオに戻った。その際、エレベータは利用しなかった。すでにエレベータという単語が作中に登場しているため、搭乗中に消される恐れがあったからだ。もしそんなことになったら、最悪なバッドエンドだ。総ページ数八十一ページの後味の悪い小説になってしまう。とはいえ、お湯の入ったカップラーメンを持って七階まで階段で上るというのも、個人的には後味の悪い展開だった。とてつもなく疲れたのだ。

息を切らす僕をよそに、安藤はステージの床の上に座って割り箸《ばし》を構えた。

「麺《めん》が伸びて量が増えたぜ。得した気分だ」

本心か否か判別できないポジティブなことを言っている。

僕も彼に倣《なら》って向かい合わせに床に座り、さっそく、話を切り出すことにした。

「でさ、犯人がどうやって、ここを空にしたり、姿を消したりしたのか、分かった？」

安藤は麺をすすりながら肩をすくめた。

「分からん。さっぱりだ。ますます犯人はヤバい奴《やつ》だってことだけが分かった」

「ヤバい奴か。そうか。ヤバいよね……」

「思想もスキルもK点越え。オリンピックで金メダル獲《と》れるぜ」

「思想ってさ、犯人は、何がしたいのかな？　いまいちそれが分からない」

　素朴な疑問を口にすると、安藤は唸《うな》り声をあげた。

「うーん、あの演説を真実とするなら、犯人は、この世界を、天国にするつもりだろうな。イデアしか存在しない天国にな」

「そのイデアっていうのが、よく分からないんだよね……」

「イデアはプラトンが提唱した万物の真の実在だ」

「そこまではなんとなく分かるよ。この世界の物は全部イデアを見本に作られてるって話だろ？　イデアは理想で、人を含むすべてのものが目指すもの、みたいな？　それはわかるんだけどさ、正直、だからなに？　って感じ」

「ああー、なるほどな……」

　安藤はそう軽く相槌《あいづち》を打ち、ひたむきにラーメンを食べ始めた。僕もそれに倣う。

　二人とも残すはスープのみという段になって、ようやく安藤は再び語りだした。

「お前は、プラトニズムの根本的なところを理解してないんだろうな。まずな、プラトンは輪廻《りんね》転生を説いてたんだ。つまり、肉体とは別に不滅の魂というものがあると考えていた。人間は、この世に生まれる以前、魂の状態で天国にいたんだ」

「そうなの？　僕も天国にいたの？」

「プラトンがそう言っただけで、天国なんてあるわけねえだろ。でだな、その天国というのが、まあ、神様の所在地なわけだが、イデアだけで構成された世界なんだ。ちょっとイデアについて詳しく説明するな。割り箸を一本貸してくれ」

　言われた通りに一本の割り箸を渡すと、安藤はそれを含む三本の割り箸を使って、床の上に三角形を作った。

「さて、質問だ。これはなんだ？」

　安藤はその三角形を指差した。

「え？　三角？」

「そうだな。これは三角だ。しかしだ、正確には違う。箸と箸の間に隙間《すきま》があるし、そもそも箸自体が歪《ゆが》んでる。仮にな、綺麗《きれい》な箸を丁寧に並べたとしても、それも顕微鏡で見れば粒子の塊。三つの線分で成り立つ図形という三角形の条件を満たさない」

「顕微鏡なんて持ち出したら、紙に定規を使って書いた三角も三角じゃなくなるよ」

「その通り。完璧《かんぺき》な三角形を作るのは不可能なんだ。この世にあるのは、不完全な三角形だけだ。それでも、お前は、これを三角形だと思った。なぜなら、三角形に似た物を見て、かつて天国で見ていた三角形のイデアを想起したからだ」

「生まれる前のことを思い出したってこと？」

「そう思って貰《もら》って構わない。さて、次はこうする」

安藤は割り箸を掻《か》き混ぜて三角形を崩した。そして、すぐ言葉を継いだ。

「偽《にせ》三角形は壊れた。こんな感じに、この世の物はいつか壊れる。ただし、イデアは壊れない。いつでも、誰でも、三角形のイデア、すなわち理想の三角形、それを思い浮かべながら三角形に似た物を何度も作ることができる」

安藤は再び割り箸で三角形を作った。

「さて、質問だ。これはなんだ？」

「不完全な三角だけど、やっぱり三角としか思えない」

「そうだな。お前は、また、三角形のイデアを想起した。この、想起という行為は、イコール学習だ。俺もお前も生まれた直後はこの図形を三角形とは思わなかった。いまに至るまでのどこかの時点で、三角形のイデアを想起することを覚えた。さらに質問。いっぱい勉強すると人はどうなる？」

「えっと、疲れるかな。でも、その分、頭が良くなる」

「そう、疲れるかどうかはともかく、頭が良くなる。もっと勉強すると、もっと頭が良くなって、いつしか人は、想起が上手な哲学者になる。つまり哲人になる。プラトンはな、この哲人こそが国を治めるべきだと主張した」

「頭の良い人が政治家になるのは良いことだと思うよ」

「そうかあ？　プラトンは、数あるイデアの中で、最も重要なものは善のイデアだと説いた。善のイデア、理想の善、噛み砕いて言うなら、神が定めた永遠不滅の絶対的な正しさだ。プラトンは、哲人ならばその正しさに愚民を導くことができる、って言ったんだ。哲人王による独裁政治体制こそ理想だとな」

「ちょっと雲行きが怪しくなってきたかな。さすがに独善的な気がする……」

「俺もそう思うよ。正しさなんてものは個人が個人の裁量で定めた一つの基準に過ぎない。それだけじゃない。三角形のイデアも単なる基準だ。理想ではない」

「そうだよね。だいたいさ、すべてにイデアがあるってことは、善のイデアとは真逆の悪のイデアもあるってことだろ？　理想と理想が対立して理想とは思えない」

「すげえな。アリストテレスと同じこと言ってるよ。とりあえず、イデア論は現代の一般的な価値観とは相容《い》れるものではない。ところがだ……」

　勢いよく喋《しゃべ》り続けていた安藤は、そこで声のトーンを落とした。

「ところが？」

　緊張しながら尋ねると、彼は真剣な顔をして口を開いた。

「断言しても良い。犯人は、自分のことを哲人だと思い込んでいる」

　嘲笑う、姿のない姿が目に浮かぶ。

「犯人は世界を統治しようとしてるってこと？」

「そのほうが、まだマシだったかもな。犯人は、この世からイデアの模倣品をなくそうとしている。つまりすべての物を消そうとしている。そうすることで、不滅であるイデアだけが残り、天国が顕現すると考えてるんだ。しかしだ、実際にはイデアなんて存在しない。犯人がやろうとしてることの実態は、ただの盛大な心中だ」

「それはヤバい。金メダルだ……」

「ただな、幸いというかなんというか、犯人は世界を滅ぼさずに俺たちに喧嘩《けんか》を売ってきた。たぶん、犯人は自尊心が高く、誰かに自分が哲人だって知らしめたいんだ。しかしあいにく消滅に気付けるのはメタ認知能力者だけ。だから、犯人の当面の目標は、俺たちに負けを認めさせることだ。威嚇行為で追い込んだりしてな」

　赤い景色が脳裏をよぎる。僕は、声を震わせた。

「そ、それってさ、またデカい事件を起こすかもしれないってことだろ？　僕たちを追い込むために、また何億人も殺すのかよ！」

「落ち着けって、何億なんていうのは、ただの数字だ。そこは大事じゃない」

　吐き捨てるように安藤は言った。その言い草は受け入れ難かった。

「ただの数字って、そんな言い方はないだろ。一人ひとりに人生があったんだ。今朝のニュースで言ってたよ。死亡者は八億人に達するだろうってさ。それに、安藤の好きなバンドのメンバー、えっと、なんて言ったっけ……」

僕はポケットからスマートフォンを取り出して、かつて安藤が熱っぽく語っていたバンドについて調べることにした。

「待て待て待て、そんなこと調べるなよ。やめろって」

「やめないよ。こうでもしないと、安藤は深刻に考えないんだろ……」

僕は検索　に文字を打ち込んでいった。すると、

「やめろよ！」

安藤が立ち上がり、僕の手からスマートフォンを奪い取った。その顔はとても悲しげだった。彼は、深呼吸をしてから、口元だけで微笑《ほほえ》んだ。

「悪かった。俺の言葉が足りなかった。八億だっけか？　それはマジで単なる数字と考えたほうが良い。ここは小説の中の世界で、お前が見たり考えたりしたことが文章として出力される。そして、出力されることで事実として確定すんだよ。それまでは曖昧なままだ。だから、死亡者の名前なんて読み上げないでくれ……」

安藤は床の上に座り直し、僕にスマートフォンを差し出してきた。僕はそれを震えながら受け取った。脳裏に、赤い景色が再び蘇っていたのだ。

「……安藤は、あの惨劇の最中に僕の目を塞《ふさ》いだよね？　なんの意味があったの？」

「そんなことしたっけか？　覚えてねえな」

嘘《うそ》だ。前のページを確認できる彼が、自分の行動を忘れるわけがない。

「もしかしてなんだけど、僕が、死を認識しなければ、誰も死ななかったのかな？」

安藤は気まずそうにうつむいた。

「安藤、教えてくれよ。僕の認識次第で、事故をなかったことにできたんだろ？」

必死に訴えると、安藤は長い息を吐き出した。

「ああ。可能性は零ではなかったかもな……」

呼吸が乱れ、鼻の奥がじわりと痛む。そんな僕に安藤は優しい目を向けた。

「気負うなって。あの状況で事故以外のことを考えるなんて誰にもできなかった。俺も小便漏らしそうだったんだぜ？　なにより、もう過ぎたことだ。書かれた文章は変えられやしない。大事なのは、ここから先のページだろ」

理屈は分かるけれど、心に降って湧《わ》いた後悔という感情は消せやしない。

「僕のせいで、この小説は、人が死ぬ世界観になったんだ。僕の精神がもっと強かったら、事故が起きても、みんな髪がチリチリになるだけで済んだはずだ。死のイデアを否定できていれば良かった」

「それ、この世界の住人が不死身になるってことだぞ。俺はご免だな。終わりがあるからこそ人生も物語も素晴らしい。それにな、四十二ページでお前も言ってたが、気持ちは自由に操れない。意図的にデタラメな文章を出力するなんて無理だ。そんな信用できない語り部は小説にいちゃいけないんだよ。とにかく、今後のこと考えようぜ」

今後のこと。安藤の言う通りだ。今後のことを考えなければならない。これ以上の被害を食い止めなければならない。それが唯一《ゆいいつ》の贖罪《しょくざい》だ。

僕の気持ちを察したのか、安藤は、仕切り直すように一つ手を叩いた。

「まずな、世界の理屈が分かったなら言っておく。お前は、ヤバいときには目を瞑《つぶ》れ」

「何も見えなくなって歩くのも大変そうだ」

「いつだって俺が手を引いてやる」

「そんなセリフを真顔で言う人、初めて見たよ」

「言っただろ。俺は最高の相棒だってな」

安藤はお道化《どけ》るように笑った。そして、珍しく照れ臭そうに視線を逸《そ》らし、咳払《せきばら》いをして、大きな声で次の話題について話しだした。

「もう一つの提案だ。その前に、俺の主張を聞いて欲しい」

妙にかしこまった口調だ。いつだって彼の主張を聞かされている僕からすれば、断る理由は特にない。承知した旨《むね》を首肯で伝えると、安藤は、また咳払いをした。

「俺はな、とっくに分かってると思うが、イデア論なんて信じちゃいない。でもな、一つだけ、このイデアだけは、あると考えているんだ」

「なんのイデア？」

安藤は大きく息を吸い、僕のことを見据えた。

「物語のイデアだ」

その言葉を聞いて僕は鼻で笑った。

「理想の物語があるってこと？　それこそ個人の好みによるだろ」

「そんなことは分かってる。それでも、小説の登場人物として誕生したからには、理想の物語を目指して生きていたいんだ」

「理想か……僕ならハッピーエンドが良いかな……」

「それは短絡的だろ。まあ、否定するつもりはねえけどな。さてと、ここからが本題の提案。この小説は、現状、理想とは程遠い。バランスを欠いてるんだ。犯人のスキルが強過ぎる。スキルの発動条件は、何々消えろ、って声を出すことで間違いない。それだけで言葉を消せる。それに比べて俺たちはヘッポコ。大事なピースが揃《そろ》ってない」

「で、提案っていうのは？」

安藤は片側の口角を引き上げた。

「いますぐお前は覚醒《かくせい》しろ。お前の固有スキルで、物語が、転がる」

言い分は理解できた。かといって、

「無茶だよ。そんな都合よく平凡キャラが化けるわけがない……」

そう言っても、安藤は「目覚めよ」というニュアンスの言葉を繰り返した。まるで怪しい儀式。ただし彼は本気だ。今日は初めからこの話をするつもりだったのだろう。

安藤の気持ちはなんとなく察せられた。彼は想定を誤ったことを悔いている。犯人はコソ泥ではなかった。それが明らかになった時点でなす術《すべ》を失った。仮に僕たちが犯人を突き止めても、致命的な言葉を消され、「了」という文字が刻まれてしまうだけなのだ。その上、物語が始まって四日、僕たち以外にメタ認知能力者がいたら、ここまでのページを見て何か行動しているはず。けれども、その様子は一切ない。つまりこの世界に能力者は、犯人と、無能な僕たちだけだ。現状のままでは詰んでいる。

「参考までに俺がスキルに気付いたときのことを伝えておく――」

安藤は真剣に話し続けた。彼が世界の真実に気付いたのは、僕と同じく、違和感を覚えたからだった。金曜の登校中のことだ。頭の中に文章が流れ込んできて彼は足を止めた。結果、早朝講習に遅れそうになり、時間を戻したい、と咄嗟《とっさ》に思ったそうだ。そのとき口にした独り言で、スキルが発動したらしい。彼は最後にこう言った。

「お前は何か望みはないか？」

その言葉に触発され、ここに至るまでの出来事が頭の中を駆け巡る。積極的にスキルを覚醒させようと思っていたわけではないけれど、自然と言葉が零《こぼ》れ落ちる。

「僕は、過去を、書き換えたい……」

それを聞いた安藤は難しい顔をして短く唸った。

「歴史改変か。小説の性質上、出力済みの文章は変えられ……いいや、まさかな……」

何か思うところがあったのか、安藤は急に黙り込んだ。しばらくすると、今度は、床を叩きながら楽しげに声を出して笑い始めた。

「何がそんなに面白いんだよ」

「物語の必然性ってやつだ。なんでページ戻しなんて設定があるのか分かった」

「回りくどい言い方は安藤の悪い癖だ。早く答えを教えてくれ」

「体験させたほうが良いだろうな。俺の予想は当たっているはずだ」

安藤は呼吸を整え、そして、声を張った。

「一ページ戻れ」

何か思うところがあったのか、安藤は急に黙り込んだ。しばらくすると、今度は、床を叩きながら楽しげに声を出して笑い始めた。

「何がそんなに面白いんだよ」

「物語の必然性ってやつだ。なんでページ戻しなんて設定があるのか分かった」

「回りくどい言い方は安藤の悪い癖だ。早く答えを教えてくれ」

「体験させたほうが良いだろうな。俺の予想は当たっているはずだ」

「だから、そういう言い方が回りくどい……」

そこまで言って違和感を覚えた。何かおかしなことが起こっている。

「あれ？　僕は、どこに文章を出力してるんだろ」

安藤は呼吸を整え、そして、声を張った。

「なるほど、こういうスキルか！」

そう言われても、理解が追い付かない。

「ごめん、自分のことなのに、よく分かってない」

戸惑う僕の両肩を安藤は力強く摑《つか》み、笑いながら、興奮の波に言葉を乗せた。

「お前のスキルは、加筆だ！」

「加筆？」

「そうだよ。過去の文章に何かを書き加えられるんだ。本来なら出力済みの文章レイアウトが崩れることはない。お前が一人で念じても何も変わらない。しかし、俺のページ戻しと組み合わせることで、物語の改変が可能になる」

彼の興奮が伝播《でんぱ》し、次第に胸が熱くなる。

「過去を、変えられる……」

「あいにく三ページ前までだけどな」

「亡くなった人たちをどうにかできないかな」

「方法がないわけじゃないが、運の要素が大きい」

僕は期待の眼差《まなざ》しを安藤に向けた。

「方法って？」

「悪い。言えない」

安藤は、↑→↓←と右手の人差し指を回転させた。読者を引き付けるために回りくどくしているわけではないようだ。犯人が見ているかもしれないという意味だろう。妨害を警戒しているのだ。僕は納得して頷いた。

「でだな、とりあえずは、スキルの詳細を知るために実験したいが……」

「ここは実験には向いてないよね」

周囲を見る。ここは何もないスタジオだ。しかも二人きり。大したことは試せない。

「そうだな、人が多い場所が望ましい。良い場所ねえかな」

安藤がそう言ったとき、二人のスマートフォンが同時に通知音を発した。

ディスプレイを確認すると、そこには、こう表示されていた。

「明日、火曜日は、通常通りに授業を行ないます。」


いまは六月に違いない。すなわち夏。学校までの道を歩きながらそう思った。まだ午前八時前だというのに、すでに陽射《ひざ》しが強い。けれども暑くはなかった。思い返してみると、日曜の夜から気温が低下している。お陰で汗ばむこともなく快適だ。その上、今日は時間的な余裕もあった。珍しく早起きしたのだ。

僕は、安藤と、　　　があった場所で八時に待ち合わせをしていた。先日は彼のことを待たせてしまったし、犯人に対抗し得る手段を得たという高揚感もあって、かなり早くに家を出た。今日は早朝講習がないけれど、安藤はまだ来ていないだろう。

あと十メートル。あと五メートル。頭の中で目的地までの距離をカウントする。

ところが、一向に目的地に辿《たど》り着けなかった。奇妙に思って足元を見る。間違いなく歩いてはいる。何が原因なのか、さっぱり分からない。それどころか、次第に記憶があやふやになっていく。わざわざページを確認しなければ、誰と、どこで、いつ、何をしようとしていたのかを、忘れてしまうほどだ。

「あれ？　どうなってるんだよ……」

そうこうしているうちに、時刻は八時を過ぎてしまった。　　　があった場所を確認してみると、登校中の脇役たちがいるだけで、安藤の姿はない。

何か、おかしい。釈然としないけれど、僕は諦《あきら》めて、昇降口に向かうことにした。

昇降口からは、もちろん、開放厳禁の　　　が消えていた。これで、何を開放したらいけないのかと、生徒たちが困惑することもなくなったはずだ。と思ったけれど、嫌な予感のするものが目に入った。下駄箱《げたばこ》の向こう側に長机が置かれていて、そこにプリントが積んであったのだ。この小説の世界観ならば、そのプリントに、「チャック開放厳禁」と書いてあったとしても不思議ではない。

しかしながら、それは杞憂《きゆう》だった。プリントには、くだらない想像をしたことを後悔する程度にはシリアスな内容が記されていた。「同時多発事故について」という表題の下に、学園関連の被害状況と今後の対応が書かれていたのだった。幸いにも関係者で亡くなった人はいない。ただし、遠方在住の一部教職員の通勤が困難になったため、担任の配置換えなどが行なわれるそうだ。「二年A組、山崎悟。B組、高橋誠司。C組、釈まなみ。D組、長谷川茂。E組、木村敬子……」。僕たちの担任は変更がない。

そのプリントと義援金の集金袋を鞄《かばん》に入れ、僕は、教室へ向かった。

そして、A組の前で立ち止まる。中から複数の声が聞こえてきたのだ。教室内を覗き見ると、まだ早い時間だというのに半数近い生徒がすでにいた。日頃の習慣通りに早朝講習の時間に登校してきたのだろう。いつも通り賑やかだ。けれども、その話題の多くはデカい事件に関するものだった。学園の関係者で亡くなった人はいないものの、さすがに知人が被害に遭ったという人はいるらしく、悲しげな声もいくつか紛れている。

普通ならば感傷に浸る場面だ。ところが、それよりも僕は彼らの言葉遣いが気になった。何かが変なのだ。誰もが、ふざけている感じがする。

「おいおい、入口に立ってると邪魔だぞ」

突然、背後から声をかけられ、思わず肩を震わせた。

振り返ると、安藤が立っていた。

「安藤か、良かった。実はさ……」

さっそく登校中のことを伝えようとしたけれど、先に安藤のほうが話し始める。

「実はよ、お前に会えなかったんだ。なんでか分からねえ」

「え？　安藤もかよ……」

詳細を尋ねたところ、僕と同じ現象に見舞われたようだ。犯人が何かを仕掛けてきたに違いない。そう考えていると、安藤は廊下の端を指差した。

「それはそうと、あそこで恨めしそうにこっち見てるの、白鳥姫子さんじゃねえの？」

見ると、階段に通ずる曲がり角に、隠れるように白鳥さんが立っていた。

「あ、うん、たぶんだけど、安藤にセリフを取られて困ってるんじゃないかな……」

「そうなのか？　なんかモジモジしてるぞ。放っておいて良いのかよ」

自意識過剰かもしれないけれど、彼女は僕と手を繋《つな》いで教室に入る隙を窺っているように感じられた。金曜の朝も、こうして見張られていた可能性がある。

「ほ、放っておこう。それよりさ、始業まで時間があるから、どこかで話さない？」

「物騒な内容じゃないなら教室でも良いだろ」

安藤はそう言ってＡ組に入っていった。僕ならば他のクラスに入るのは躊躇《ちゅうちょ》する。少なくとも緊張はする。けれども、彼にはそういう感性はないようだ。

僕は安藤を追い越して自席に着いた。彼はその後ろの席に当然のように座った。

さっそく、安藤が切り出す。

「今日はスキルの実験が優先事項なんだが、その前に一つ言わせてくれ。細かい謎《なぞ》が多過ぎねえか？　すっきり畳めんのかよ、この物語」

「そんなこと僕に言われても困るよ」

「お前にケチつけたいわけじゃねえよ。ただな、作中の違和感について、一つひとつ消えた単語を精査するなんて、もはやクイズだ。ミステリーとは呼びたくねえな。かといって、犯人の自白で全部ネタバレされるのも癪《しゃく》だ。特に、犯人の独白の手記で幕引きというオチだけは回避したい」

「そのオチだと、犯人か僕たちのどちらかが死んでる可能性が高いしね」

「まあ、地道に調べるしかねえか。気が付かないうちにクリティカルな物体が消されてたんじゃ、たまんねえからな」

その言葉を受け、ここまでの状況を整理する。

「昨日、分からなかったのは、スタジオを空にした方法と、姿を消した方法だよね」

「そうだな。そして、今日の分からないことは、違和感レベルのものを含めると複数あるが、とりあえず、お前と会えなかったことが大問題だ」

目的地に辿り着けなかった状況を振り返る。

「僕は間違いなく、安藤との待…………の場所に、って、あれ？　言えない……」

安藤との　　　　の場所に向かった、と言いたかったのだけれど、言葉が出てこなかった。消えている。

「マジかよ……まさか……」

そう安藤は呟き、それから乾いた笑い声を漏らした。

「安藤、これ、どういうことだよ」

動揺しつつ尋ねると、安藤は↑を指差した。

「答えは最初から書かれていた。なんでこんな簡単なことに気付かなかったんだ。ページの上に章タイトルがある」

僕は視線を↑に向けて、そこに書かれた文章を読んだ。

「……第二章、事象が消えゆく世界」

「そういうことだ。犯人は、形のないものも消せるんだ」

「じゃあ、あらかじめ場所や時間を決めて落ち合う行為が、消されたのか……」

安藤は頷き、ポケットに両手を入れ、背もたれに寄りかかった。

「昨日の謎の一つも、これで解決。犯人はスタジオを空にするため、演奏などを披露する行為を指す言葉、または、ステージに上がるという意味の言葉を消したんだ」

過去のページを捲《めく》り、該当する言葉を探す。「人気歌手の　　会場」、「　　した真島くん」、という文章が見つかる。

「でもさ、類義語のライブって言葉は消えてない」

「ライブには生放送って意味もある。だから消えなかったし、クソ演説をするために消すわけにもいかなかった。今後、ライブに行くって発言は、不自然になる」

「生放送に行くっていう、よく分からない話になっちゃうのか……」

「しっかし参ったなぁ」

安藤は視線を上に向けた。ここに至るまでのページを確認しているのだろう。僕も考えを巡らせる。形のないものも消せるということは、もう一つの可能性が浮かぶ。

「日曜の夜から涼しいのは、気温が高い状態を示す言葉が、消されたからか」

「そうだろうな」

日曜の夜のことだ。僕が暑いと思った直後に涼しくなった。思うに、空から降る水が消えたことによって気温が上昇傾向にあり、犯人も暑いと感じていたのだろう。そのため作中に、　、という単語が登場した瞬間、それを消したと思われる。

おそらく犯人は、頻繁に、ページを見ている――。

しかも精度が高い。僕たちと同じ鮮明度で文章を読んでいるふしがある。安藤は僕と接したことで文章が鮮明になったと言っていた。新向水駅での一方的な遭遇によって犯人の能力が向上し、物体以外も消せるようになったのだろうか。あるいは、

「犯人は未《いま》だに実験を繰り返してるのかな……」

「その可能性のほうが高いな。ムコシティでも言ったが、ライブを中止させるために試行錯誤した形跡がある。犯人自身もまだスキルの全容を摑めてないんだろうな」

「ってことは、時間の経過と共に消されるものの範囲が拡大するかも」

「実験の結果によってはそうなるな。ただし、名詞しか消せないというのは予想通りだった。暑い、という形容詞は消えてない。消えたのは名詞のあれだけだ」

「どちらにしても急いで捕まえないと……」

安藤は面倒臭そうに頷《うなず》いて、溜《た》め息《いき》をつきながら前傾姿勢になり、両肘《りょうひじ》を机の上に置いた。そして、酷《ひど》く険しい面持ちで口を開いた。

「おいらたちの想定以上にヤバいな」

「お、おいら？」

安藤の一人称が変化していた。

改めてクラスメイトたちの会話に耳を澄ます。言葉遣いに感じられた違和感の正体が分かった。どうやら作中に登場した一人称、　、　、が消されたようだ。

呆然《ぼうぜん》と教室内を見回していると、白鳥さんと目が合ってしまった。彼女はこれ見よがしに近付いてきて、満面の笑みで僕に話しかけてきた。

「いま、ウチのこと見とったやろ？」

一人称どころか、口調まで変わっている。

小説において、一人称代名詞はキャラクター性を形作る重要な記号だ。気弱な男性には「僕」、すれた女性には「あたい」、といった具合に、各登場人物の属性に合わせたものが用いられる。ならば、逆も然《しか》り。一人称が変更になれば、それに引っ張られて属性が変化してしまうのだろう。

胡散臭《うさんくさ》い関西弁を使う白鳥さんに向かって、僕は忙《せわ》しく両手を振った。

「い、いや、たまたま目が合っただけで、見てたわけじゃないよ」

すると彼女の背後から、ひょろりとした人影が現れた。

「麻呂《まろ》の勘によれば、彼《か》の者は、姫君を見ていたでおじゃる」

瓶底眼鏡をかけた生徒、丸山くんだった。彼はエセ平安貴族のようになっていた。

「ちょっと、丸山くん、適当なこと言わないでくれよ……」

「麻呂が適当とな？　けったいなことを申すものよのお」

「やっぱし、癖毛くんはウチのこと見とったんやね」

「いや、だから、たまたまだって……」

そんなやり取りをしていると、今度はリーゼントヘアの生徒が近寄ってきた。郷田くんだ。登校してきたばかりと思われる郷田くんは、僕のことを睨《にら》んだ。

「おでの、縄張り、返せ」

完全に人里離れた山から下りてきたモンスターだ。

僕「ご、郷田くん、ここは僕の席だよ……って、あれ？　また台木形式？」
郷田「おで、歯向かう奴、殴る」
僕「殴るの？　やめてくれよ。僕たち友達だろ？」
郷田「おで、お前、トモダチ？」
僕「そうだよ。友達だよ！」
郷田「お、おで、ト、トモ、ダ、チ……あ、頭が、ヌググ……」
僕「頑張れ。握手した頃のことを思い出すんだ！」
白鳥「郷田くん、頑張りや！」
丸山「郷田殿、頑張るでおじゃる！」
郷田「お、おで、おで……難じいごど、分がんねえ……グオォォォ！」
脇役A「番長が暴れだしたぞ！」
脇役B「みんなで取り押さえるんだ！」
郷田「グオォォォ！」
脇役A「ギャアアアアアア！」
脇役B「ギャアアアアアア！」
安藤「な、なんだよ、この状況……」
僕「物語の、圧縮？」

安藤「軌道修正できるのか？　これ」

僕「ど、努力はしてみるけど、グハッ！」

郷田「グオォォォ！」

白鳥「ウチのために争わんといて！」

脇役C「こちら脇役C、目標は壁際《かべぎわ》で静止」

脇役D「こちら脇役D、いまのうちに応援を願います」

真島「そこのリーゼントくん、落ち着きたまえ」

脇役C「生徒会長の真島くんだ！」

脇役D「真島くんなら勝てるに違いない！」

郷田「ヌ、ヌググ……お、おで、歯向かう奴、殴る」

真島「もう一度言おう。リーゼントくん、落ち着くんだ」

脇役C「目標は壁際を離れて自席へと向かいました」

脇役D「こ、これで助かった……」

安藤「マジで助かったよ。物語がどこに向かうのかと思った」

僕「うん。どうにか元通りにできそうだね」

女生徒A「拙者は真島推し侍でござる」

女生徒B「拙者も真島推し侍でござる」

女生徒C「拙者も真島推し侍でござる」

女生徒ズ「キャー、真島さーん」

　真島「君たちも落ち着きたまえ」

真島くんに窘《たしな》められ、クラスメイトたちは自分の席へと散っていった。

一連の騒動を見て思う。この小説は、元々は単なる青春学園ドラマだと思っていたけれど、実際には学園コメディだったようだ。そのため、極端にデフォルメされたキャラクターが頻出するのだろう。人が死ぬミステリーとは相性が悪過ぎる。

　頭を抱えていると、真島くんが近付いてきた。

　僕は慌《あわ》てて席から立ち上がり、真島くんに頭を下げた。

「ありがとう、助かったよ」

「礼にはおよばないさ。学園の平和を守るのは僕の仕事だからね」

　事もなげに言い、彼は後ろの席に座る安藤に視線を向けた。

「君は確かB組だろ？　自分のクラスで過ごしたほうが良いんじゃないか？」

　問われた安藤は物怖《ものお》じせずに言い返す。

「それ言ったら、生徒会長もA組じゃねえだろ」

　真島くんは穏やかな笑い声をあげた。

「言われてみればそうだね。これは一本取られたな」

「まあ、クラスの壁を越えて交流するのは良いことだと思うぜ」

「君の言う通りかもしれないね。風通しの良い校風は向水学園の長所だ」

いまとなっては、　と　がなく、風通しが良過ぎる。そう思ったけれど、野暮なことを言うのはやめておいた。

真島くんは、教室内を確認し終えると、みんなに手を振って颯爽《さっそう》と去っていった。

その姿を見届け、安堵《あんど》の息を漏らして椅子《いす》に座る。同時に、安藤も溜め息をついた。

「まったくよ、エグいもの消されたな。まさか一人称代名詞とは」

「僕の、僕、を消されなくて良かったよ」

「お前がどんな一人称に変わるのか、おいらは興味あるけどな」

安藤はそう言って皮肉めいた笑みを浮かべた。彼は自分の一人称が「　」から「おいら」に変わったことを自覚しているはずだ。それにもかかわらず、すでに、おいら、を使いこなしている。彼の適応力には驚かされる。

「ところでさ、どうして一人称代名詞は消されたんだろ」

「実験の一環じゃねえかな。犯人は機転が利《き》くな」

「暢気《のんき》なこと言ってる場合じゃないだろ。ますます犯人確保を急がなくちゃ」

「そうしたいのは山々だが、おいらたちがスキルを使いこなせなければ、犯人を突き止めても返り討ちに遭うだけだ。まずは、こっちもスキルの実験だ」

机を挟んで小声で会話していると、頭上から声が降ってきた。

「そこ、どいてくんない？」

すぐ横に青白い顔の女子生徒、神野さんが、立っていた。

安藤は急いで席を譲った。

「おお、勝手に席を借りて悪かった。なかなか座り心地が良かったよ。ありがと」

神野さんは、何も言わず、不機嫌そうに後ろの席に座った。安藤のようなタイプは嫌いなのだということが、一見して分かる。

安藤もそのことを察したのか、気まずそうな顔をし、僕に耳打ちしてきた。

「この教室だと話し辛《づら》いな。あとで休み時間にでも会えたら会おう」

曖昧《あいまい》な提案だけれど、　　　ができないのでは仕方がない。

地の文を確認したと思われる安藤は、僕が何も言わずとも一人で納得し、見知らぬ生徒たちに「お邪魔しました」と挨拶《あいさつ》しながら教室から出ていった。

気まずい空気は残されたままだ。僕は、機嫌を取るため、神野さんに微笑みかけた。

「あの、貸して貰った本、色々あって、まだ読めてないんだ……」

「返すのはいつでも良いわ」

投げやりな言い方だ。無理もない。先日の相合傘の一件があって、安藤と同様、僕も快く思われていない。もっと彼女が好みそうな話を振ったほうが良さそうだ。

「あ、ほら、善のイデアに背くわけにはいかないから、できるだけ早くに返すよ」

そう言うと、彼女はわずかに顔を綻ばせた。

「感心ね」

成功した。少しは機嫌を直してくれたようだ。

「ほら、太陽の下を大手を振って歩きたいからさ、善いこととしておかないと」

「捕らえられた洞窟《どうくつ》から脱したいってことね？　それなら他の本も貸してあげるわ」

「え、あ、それは、いまの本を読み終えたら考えようかな……」

失敗した。機嫌を取り過ぎた。困惑していると、入口から大きな声が聞こえてきた。

「ガラガラピッシャーン。おはよう生徒諸君！」

始業のチャイムが鳴っていないのに、担任の山崎先生がやって来たのだった。山崎先生は教卓に両手を付くと、神妙な顔をして話し始めた。

「始業前に、先生からみんなにガラガラピッシャーンな話がある……」

それは同時多発事故について、すなわちデカい事件についての話だった。山崎先生の口調はいつもと同じで普通だった。いや、いつもと同じで普通ではなかった。

「というわけで、いまは一限目と二限目の間の休み時間だ」

と、安藤は言った。

「場面転換後にセリフから始まるなんて珍しいね」

「他の小説では、よくある表現手法だ。たまにはこういうのも良いだろ」

僕たちは三階の廊下で立ち話をしていた。

「それで、実験するんだよね？」

さっそく本題について尋ねると、安藤はポケットに両手を入れて首を捻《ひね》った。

「それなんだけどな、スキルの特性上、実験した分だけ同じシーンが繰り返されることになる。それだと物語のテンポが落ちそうなんだよな。だから、あとで地の文で説明するってことにして、ここは、中略、来い！」

「構成や演出は操れないよ。そんな都合よく略されるわけないだろ」

〈中略〉

昼休みのシーンになった。僕と安藤は一階の購買に向かった。

この学校では大半の生徒が弁当を持参している。僕も普段は弁当なのだけれど、週末の騒ぎで母が食材を切らしてしまったらしく、今日は購買を利用することになった。安藤は日頃から購買派だそうだ。丁度良い機会なので二人で昼食をとることにした。

前述の通り弁当持参の生徒が多いため、普段の購買は閑散としている。ところが、今日に限って混雑していた。聞けば、いままで軽トラで来ていた納品業者の人が、今日は馬ソリで来たらしい。物珍しさによって利用者が急激に増えたのだ。

人混みを掻き分けて進む。普段は閑散としているためか、混雑時のオペレーションが確立していない。お陰で、待機列も作られずに秩序のない状態だ。

「相棒、早くしろよ。食う物なくなるぞ」

「そう言われても」

ようやく購買のカウンターに辿り着いたけれど、そこに置かれたプラスチック製のトレーは空になっていた。食べ物が消されたわけではない。売り切れたのだ。

それを見た安藤が、ここぞとばかりに、言う。

「一ページ戻れ

人混みを掻き分けて進む。普段は閑散としているためか、混雑時のオペレーションが確立していない。お陰で、待機列も作られずに秩序のない状態だ。

「相棒、早くしろよ。食う物なくなるぞ」

「そう言われても」

ようやく購買のカウンターに辿り着いたけれど、そこに置かれたプラスチック製のトレーは空になっていた。食べ物が消されたわけではない。売り切れたのだ。

間に合わなかった。そう諦めたかけたとき、購買のおばちゃんが話しかけてきた。

「あんたたち良い目してるね。嫌いじゃないよ。特別にこれを売ってやるよ」

そう言っておばちゃんは、棚の下から焼きそばパンを二つ取り出した。

それを見た安藤が、ここぞとばかりに、言う。

「ありがとうございます、お姉さん」

「調子の良いこと言うねぇ。じゃあ、おまけしちゃおうかな」

さらに焼きそばパンが、ドン、ドン。

どうやら売り場に出せないキズ物らしい。それを半額で譲って貰《もら》えたのだった。

安藤が誇らしげな顔をし、屋上に行く提案をしてくる。実験を切り上げて誰もいないところで昼食にしようという意図だろう。小さく頷き、僕たちは歩き始めた。

「安藤の一番の能力はさ、口の上手《うま》さだと思うんだよね」

「人を詐欺師《さぎし》みたいに言うなよ」

「褒めてるんだよ。僕と安藤のスキルが逆だったら良かった」

「設定は変えられねえから諦めろ。それに、さっきの加筆は良かったぜ」

僕のスキル、加筆は、即興力が求められる。安藤が予告もなくページを戻すので、即座に追加する文章を考えなければならないのだ。おそらく安藤のほうがこういうことは得意だ。とはいえ、彼の言う通り、もうやるしかない。

即興は苦手ではあるものの、ここに至るまでに実験を繰り返したことで、少しは慣れてきた。そして、スキルの特性もだいたい把握した。

・書き加えられるのは一度のページ戻しで一ヶ所のみ。
・既存の文章は消せない。
・最大三行書き加えることができる。
・前後の文章を反映しなければならない。
・世界観を無視した文章は書けない。

簡単に言うならば、物語に馴染《なじ》む加筆でなければならない。例えば、唐突に「そのとき、犯人が現れた」なんて書き込めない。見知らぬ人を登場させるのは不可能だ。同様に「僕は空を飛んだ」という非現実的な文章も無理。「何々が消滅した」という文章ならば世界観的に許容されるとは思うけれど、書いたところで得することはない。

また、地味に厄介なのが前後の文章の反映だった。百十一ページを例にすると、後ろの文章は「それを見た安藤」で始まっている。この場合、「それ」が何を指すのか明らかにしなければならない。元々は、売り切れの状態を安藤は見た。加筆によって、差し出された焼きそばパンを安藤は見たことにした。

これらのルールを守らなければ、加筆スキルはキャンセルされ、ページ戻しが無駄撃ちになってしまう。その上、失敗したらやり直しは利かない。

ただし、そういったリスクを差し引いたとしても、強力なスキルだ。過去を改変できるので、後出しで先手を打てるようなものだ。

ほくそ笑む僕をよそに、安藤は屋上に着くなり、床に座ってパンに齧《かじ》りついた。

「おいら、これ好物なんだよ。両手に焼きそばパンなんて初めてだ」

おいらという一人称によって食いしん坊になったのだろうか。いや、皮肉だろう。

「ごめん。もっと色々なパンの名称を出力すれば良かったよね」

「なんで謝るんだよ。マジで大好物なんだって」

安藤は、常にポジティブなことを言うので、本心と皮肉の区別がつきにくい。

僕は小さく肩をすくめ、彼と同じように、床に座ってパンを齧った。

「でさ、これからどうするの」

「対決の準備はできた。あとは犯人を見つけるだけだな」

「簡単に言うけどさ、それも大変だろ。また派手な場所に行くのかよ」

「その通りだ。前にも言ったが、物語の展開上、犯人は会える範囲内にいる。前回に比べて、乗り物が使えなくなった分、その範囲は狭まった。ミステリーの最後に相応《ふさわ》しい場所ともなれば、再びムコシティか、または、向水ヒルズ辺りだろうな」

あの日の、惨劇の様子が思い出される。

「今度は大丈夫かな」

「いまのお前とおいらなら事件なんて起こさせやしない」

またフラグが立ってしまいそうだったので、暗黙の了解で、これ以上の話はやめておいた。というよりも、もう話すべきことは特になかった。方針は決まった。あとは放課後を待つだけだ。今日は五限までしかなく、次の授業で学校は終わる。そうすれば、物語は次の展開へと動くはずだ。

パンを食べ終えると、安藤が微笑《ほほえ》みながら世間話を振ってきた。

「お前さ、次の授業、どこの教室だよ」

「世界史だから、Ａの教室だよ」

「なんだ、一緒じゃねえのか。おいらは隣のＢ組で数Ⅲ」

向水学園では、高校二年生の時点で文理選択が行なわれる。僕は現代文くらいしか得意な教科がなかったので文系を選んだ。安藤も小説に造詣《ぞうけい》が深いので文系だと思っていたのだけれど、どうやら理系らしい。

「僕と安藤が一緒にいないってことは、次のシーンは放課後になるかなぁ」

「だろうな。場面転換後は二人でヒルズにでもいるぜ。じゃあ、次のシーンで会おう」

一つ前のシーンはセリフで終わった。安藤は→こんなことを言っていたけれど、蓋《ふた》を開けてみれば、次のシーンは、すなわちこのシーンは、五限目の授業だった。

といっても、まだ始業前だ。選択授業では座る座席が決まっていない。僕はいつもの習慣で、屋外に通ずる壁際の後ろから二番目の席、そこに座った。周りは知らない生徒ばかりだ。郷田くんはいるけれど、彼と会話はしたくない。そこで、鞄から今朝手に入れたプリントを取り出し、その内容を再確認することにした。次の授業、世界史の授業は、担当が変更になり、日本史担当の山崎悟が教壇に立つようだ。

　そのプリントを見ていると、違和感を覚えた。なんらかの単語が消えているような気がしたのだ。そのとき、始業のチャイムが鳴って山崎氏が入室してきた。

「ガラガラピッシャーン。わ、わしは、何をしに来たのじゃ」

　山崎氏の一人称代名詞は、　　、だった。それが消されたのだった。　　という言葉は本来、教壇に立って生徒に勉強を教える職業を指すものだ。それが消されたということは、　　や　　、　　といった言葉も消えているはず。改めて手元のプリントに視線を落とすと、案の定、　　という言葉が消えていた。つまり、山崎氏を含む　　たちは、無職になった。教室内から複数の野次が飛ぶ。

「山崎よぉ、何してんだよ」

　敬称としても使われる　　という言葉が消滅したことにより、呼び捨てだ。

　生徒たちは、無職の知り合いが理由もなく教室にいるという謎のシチュエーションに対し、冷やかすように笑い声をあげた。山崎氏は真顔で戸惑っている。

次の瞬間、教壇に立つ無職・　　氏の姿が消えた。消された。

彼が持っていた出席簿などの書類が床の上に散らばる。ただし、彼の私物である衣服などは肉体と共に消え去った。この世界に　という人物が存在していた事実そのものがなくなったのだ。生徒たちは誰も目の前で起こったことに気が付いていない。僕は一人、床に散った書類を拾い集め、それを教壇の上に置いた。その紙の束の中には、今朝のプリントが含まれていた。プリントから、次々と　たちの名前が消えていく。

ついに人が消された。だけど落ち着け。事故で亡《な》くなった人たちとは違って、スキルで消されたのならば、復活できる可能性がある。いまは考えるときだ。

犯人は何をしたかったのか。おそらく、安藤の見立て通り、犯人は自らのスキルの全容を把握していない。犯人は、人物・　氏などを消すつもりで、職業・　を消したのだろう。しかしながら、人物は消えずに肩書きのみが消えた。失敗に気が付いた犯人は、慌てて、固有名詞、すなわちフルネームで、人物を消し直した。

世界を混乱に陥らせることができる犯人が、なぜ、学園の職員をピンポイントで消したのだろう。僕への威《い》嚇《かく》が目的ならば、　という職業を消しただけでも目的は果たされている。仮に、もっと残酷な威嚇行為をしたかったのならば、クラスメイトのほうを消すはずだ。けれども郷田くんは消えていない。人物を消すにはフルネームが必要と考えて良いだろう。消そうと思えば、名前が明らかになっている彼らを消せたはず。

犯人は、下校時に降りしきる　を消したり、暑いからといって　を消したりしている。意外と短絡的。そうなると、　　たちを消した理由は個人的な怨恨《えんこん》と思われる。犯人は身近にいる。また、人物を消すつもりで職業・　　を消したのだから、少なくとも犯人は　　ではない。他の学園職員の可能性もあるけれど、最も濃厚なのは。

僕は隣の教室へと走った。Ｂ組も、　　が消えていて、生徒たちが雑談している。日頃の僕ならばその雑談の邪魔をしてはいけないと考えるだろう。けれども、そんな場合ではない。急がなくてはならない。僕は、目一杯、叫んだ。

「安藤、犯人は学園の生徒だ。職業の、あ、が消えてすぐ、あ、人たちは、消えた。だから、こ、学園に。クソッ、指示語が言えない」

安藤が駆け寄ってくる。

「相棒、落ち着けよ」

心配そうな視線を寄越す彼に僕は事情を説明した。

五限目が始まってから、何人もの人物、いくつもの言葉が消された。いまも消されている。つまり、現在進行形で犯人は、「何々消えろ」と言っている。いま、怪しい発言をしている生徒、あるいは、欠席している生徒が犯人だ。生徒たちが教室内にいる授業の間に、各教室の様子と出席簿を確認すれば犯人を見つけられる。

「ようやく主人公らしくなったな。お前の推理で間違いない」

僕と安藤は、手分けして各教室を確認しようと、散開して廊下を走った。

ところが、教室から鞄を背負った同年代の人たちが一斉に出てきた。廊下が人で溢《あふ》れる。怪しい人物を探すどころか、移動さえ困難な状態になり果てた。犯人が何か言葉を消したに違いない。おそらく、教えを授かる活動を指す、　　。または、授かる身分を指す、　　。もしかすると、　　や　　なども消されたかもしれない。

いや、かもしれない、ではない。すでに消えていた。

第三章

と　が消えた世界

夕暮れ。誰もいなくなった学校の屋上に、僕と安藤はいた。

安藤が嚙《か》み締めるように言葉を紡《つむ》ぐ。

「三ページ戻れ

僕と安藤は、手分けして各教室を確認しようと、散開して廊下を走った。

ところが、教室から鞄を背負った同年代の人たちが一斉に出てきた。廊下が人で溢れる。怪しい人物を探すどころか、移動さえ困難な状態になり果てた。犯人が何か言葉を消したに違いない。おそらく、教えを授かる活動を指す、授業。または、授かる身分を指す、生徒。もしかすると、学生や学徒なども消されたかもしれない。

と思ったけれど、杞《き》憂《ゆう》だった。しばらくすると生徒たちは、「危うく漏れるところだった」と言いながら教室に戻ってきたのだ。トイレに行っただけだったようだ。

しかしながら、いまの騒動に乗じて、犯人は姿を消してしまったかもしれない。

いや、かもしれない、ではない。すでに消えていた。

第三章

と　　が消えた世界

夕暮れ。誰もいなくなった学校の屋上に、　僕と安藤はいた。

安藤が嚙《か》み締めるように言葉を紡《つむ》ぐ。

「なんとか元通りだ。明日からも通常通り学校があるはずだ」

僕は曖昧《あいまい》に頷《うなず》いて場面転換中のことを思い返した。

現在、事象の消滅によって、　　　　ができない。つまり街で安藤と落ち合うことが難しい状態だ。学校さえ機能していれば会うことはできるという判断から、授業や生徒という言葉を復活させることにした。なにより、使える言葉は多いほうが良い。

けれども、職業・　　およひ、人物・　　　氏たちは、消滅した際のページが前過ぎるため、復活させることはできなかった。

加えて、多くの指示語も消滅したままだ。消されたのだ。

指示語という単語の表記はできるので、指示語自体は消されていない。また代名詞が消されたわけでもない。事実、「彼」や「何々」といった代名詞は使えている。

消されてしまったのは、いわゆる、「　　　」だ。

具体的には、「こ」と「そ」と「あ」と「ど」という四つの音に、「れ」や「の」や「う」、または、「んな」、「いつ」、「っち」などを付けた語句が軒並み消えたのだ。つまり、「こ」と「そ」と「あ」と「ど」で始まる代名詞、連体詞、副詞、形容動詞、すべてが使えなくなった。

　参った。　　すれば良いんだ。　　状態では、　　やり取りも、　　は　　は困難だ。　　こそ「調子は　　」と声をかける、　　ことさえままならない。　　だけではない。　　ままでは文章が読みにくい。日頃、　　だけ「　　」の世話になっていたのか、　　いう状況になって、　　有難さが身に染《し》みる。はたして、　　世界および　　小説は、　　なってしまうのだろう。　　にある章タイトルも「　　と　　が消えた世界」と、　　が消えてしまっている。

「おいおいおい、現文のテストみたいになってるじゃねえか。余計なこと考えるなよ」

「でも、大変なことになったのは事実だろ」

「なんとかなるだろ。だいたいな、言葉が減ったから、便宜上、積極的に指示語を使ってはいたが、一般的に指示語の多用は良くないとされている」

「そ、なのか、クソッ、言えない」

　安藤が呆《あき》れたように長い息を吐き出す。

「じき慣れるって。嘆くよりも優先すべきは、犯人の捜索、だろ」

「うん。犯人の好きなようにはさせておけないしね」

　単なる自習と化した五限目の最中に二人で各教室を巡ったけれど、手掛かりは見つからなかった。ただし犯人は、「授業」や「生徒」を消して、捜索の邪魔をしてきた。

　つまり、犯人が学園の生徒であることは、間違いない、はずだ。

　正直、怨恨《えんこん》が動機という推測だけで、犯人を学園の生徒とするのは決め手に欠けていた。前述の通り　以外の職員の可能性もあったし、僕たちが知らないだけで、たちと交流のあった第三者の可能性だってあり得た。けれども、教室の捜索を妨害してきたということは、僕の予想が間違っていなかったということだ。五限目のとき、犯人は教室で呪《のろ》いの言葉を口にしていたか、または、欠席していたのだ。

　しかしながら、五限目が終わる前に各教室を巡回した際、犯人の形跡は残されていなかった。生徒たちが一斉にトイレに行ったタイミングで消滅スキルの使用が終了した上に、座席が入れ替わってしまい、誰が、いずれの席で、何をしていたか、まったく分からなくなってしまったからだ。出席簿も確認したけれど、　たちが消滅したのは出席を取る前だったため、五限を欠席した生徒も分からなかった。辛うじて朝から欠席していた生徒が数名いたということは判明したけれど、職員室に忍び込んで名簿を確認したところ、全員いかにも脇役《わきやく》といったプロフィールだったので望みは薄い。

　いまの手掛かりは、犯人は学園の生徒、ということだけ。

「さて、もう誰もいねえから捜索は明日からだな」

「捜索って、具体的な方法は」

「地道に聞き込みするしかねえんじゃね」

　安藤との短いやり取りの最中、違和感を覚えた。

「変だ。何か、消えてる、気がする」

「は。何が」

「嗚呼《ああ》、やっぱり消されてる。疑問の記号がない」

主にセリフ内で使われる疑問を表現する文章記号、　が、なくなっていた。

「確かに消えてるな。少し前から変な感じがしていたが、文章記号が原因だったか」

もはや、いつ消されたのかさえ分からない。

現状、重要な言葉が、あるいは誰かが、消されたとしても、僕たちのスキルで復活させることが可能だ。けれども、だいぶ前のページのこととなると、対処のしようがない。　が消されたのは、ざっとページを確認した限りでは、十ページ以上も前のことのようだ。復活は不可能だ。

他にも何か消されているかもしれない、と考える。そして二人で確認したところ、計四種類の文章記号が消されていることが分かった。まず疑問を表現する　。次に驚きなどを表現する　。間を表現する点々、　。同じく縦棒、　。

かつて、いまいる屋上で安藤と会話のルールについて話した際、消えた言葉の代替として提示された表現方法が、現在、なにもかも使えなくなった。

「なんで犯人は指示語や文章記号を消したんだろ」

溜《た》め息《いき》混じりに疑問を吐き出すと、安藤が口元を歪《ゆが》めて肩をすくめた。

「物語の進行の邪魔をしたかったんじゃねえかな。おいらたちは会話を中心に物語を転がしてる。だから、話し辛《づら》くした、ってな感じかな」

「大した妨害になるとは思えないよ」

「まあ、単なる嫌がらせだ。お前も地の文で言ってたが、犯人は短絡的だ。気に入らないことがあると、すぐ何か消す。アホなコソ泥ではなくて、ただのアホなんだ」

犯人はメタ認知能力でもって頻繁に文章を確認しているはずだ。安藤は、見られていることを承知した上で、あえて煽《あお》っているのだろう。

皮肉っぽく笑う彼を横目に、僕は犯人の思考の流れについて考えた。

「進行の妨害が目的なら、最も使用頻度の高いカギ括弧を真っ先に消さないかな」

「カギ括弧を消さなかった理由は簡単だ」

「簡単か。あ、分かった。スキルを使うのにセリフが必要だから消さなかったのか。もしくは、犯人はまだ何か主張したいことがあるのかも。いずれにしても必要だから消すわけにはいかなかった」

「さすが主人公。お前の言う通りだ」

安藤はからかうように笑った。

「笑ってる場合じゃないだろ。文章記号が消えたんだ。捜索には影響がなくても、創作には影響がある。視認性が下がって理想の物語が遠退《とおの》くよ」

不貞腐《ふてくさ》れ気味に訴えても、彼は笑い続けた。

「安心しろ。文章記号ってな、大半が明治以降に輸入されたものなんだ。正式に日本語として採用されたのは昭和の中頃。お陰で、いまでも一部の作家は文章記号を使いたがらない。記号に頼らずに地の文で描写するべしってな。だから作品のクオリティには大して影響ねえよ。ちなみにな、日本語には大昔から疑問を表す終助詞がある」

「疑問の終助詞って、乎《か》とか乎」

「漢字よりも平仮名のほうが良いんじゃねえか」

「平仮名のほうが分かりやすいか」

「理解したなら本題に戻しても良いか」

僕が頷くと、安藤は言葉を継いだ。

「とにかく、さっきも言ったが、放課後の学校じゃ何もできない。明日を待とうぜ」

そして←を指差した。次のシーンへ進むことを望んでいるのだろう。

僕は、彼が指し示す明日の方向を見つめた。

差し込む朝陽が頬を照らし、僕は、目を覚ました。

東側の壁にあいた四角い穴が視界に入る。　が消滅して以降、就寝前にはカーテンを閉めることにしていたのだけれど、なぜか今朝は開いている。

昨夜は閉め忘れたのかな、と気楽に考え、僕は掛け布団《ぶとん》を引き上げた。そろそろ母に起こされるので、もう少し寝ることにしようと思ったのだ。

「早く起きなさーい。遅刻するわよっ」

案の定、すぐ母の声がした。ところが、カンッカンッカンッという、　　　　の音が聞こえてこない。消えてしまったようだ。いつの間に消えたのだろう。記憶を遡《さかのぼ》ってみたけれど、判然としなかった。昨日は自主的に早起きしたし、三連休中は起こされなかった。最後に　　　　を叩《たた》く音を聞いたのは金曜の朝だ。ちなみに、　　　　は本来、調理器具であって息子を起こすために叩くものではない。

いずれにしても起床時間だ。上体を起こし、ベッドの脇に両足を下ろす。

かつてベッド脇には屋内用の履物、すなわち　　　　が置かれていた。けれども、いまはない。にもかかわらず、身体《からだ》が勝手に　　　　を履く動きをした。呆気《あっけ》に取られていると、今度は勝手に立ち上がった。しかも、一センチほど足が宙に浮いている。

何が起こっているのだろう。疑問に思い、周囲を見る。そして分かった。枕元《まくらもと》にあるスマートフォンに金曜日と表示されていたのだ。なんてことはない、僕はいま、冒頭の回想の中にいる。だから、　　　　があるものとして動いているのだ。

前例通り過去を変えることはできない。いま現在の意思とは関係なく、当時と同じように、勝手に身体が動き、物事が発生するだけだ。僕は様子を見守ることにした。

一階に下り、ダイニングに入る。すると、見知らぬ人がいた。顔も背格好も曖昧な、いかにも脇役といった佇《たたず》まいの人だ。なぜ家の中に脇役がいるのだろう。そもそも、回想シーンで過去と違うことが起きるわけがない。見知らぬ人はキッチンに立ち、エプロンを装着した。と同時に、曖昧だった姿が鮮明になっていく。見知らぬ人だと思った人物は、母だった。

考えを巡らせる。謎《なぞ》の現象の答えはすぐに分かった。記号だ。

金属製の調理器具、　　　が、失われたことにより、母親を示す記号、すなわちキャラクター性がなくなって、母は脇役然とした姿になってしまったのだろう。けれども、エプロンを装着したことで、再び母親の姿を獲得したのだ。

今日日《きょうび》、家事は母親の役割、という考えは古臭いかもしれないけれど、実際には未《いま》だ料理をするのは女性のほうが多い。少なくとも、僕の家では専業主婦の母が家事全般を行なっていて、　　　やエプロンが母親を表す記号として機能していたようだ。

考えている間にも身体が勝手に動き、僕は席に着いた。テーブルの上には、　　　と　　　、ハーブミックスの　　　が、置かれていなかった。空の皿だけが並んでいる。知らぬ間に消されてしまったのだろう。

僕は軽く一礼してから食べるジェスチャーをした。味がしない。当然だ。何も食べていないのだ。ただし、腹が膨れていく感覚だけはした。

しばらく食事ごっこをしていると、キッチンに立つ母が軽蔑《けいべつ》の視線を向けてきた。

「もっと早くに起きて欲しいわね」

物語の冒頭と同じセリフだ。もちろん、僕も当時と同じセリフを返すはず。

「だからって、叩くことはないだろ」

少し、同じではなかった。　　　　という単語が消えて物騒なことになっている。

けれども、母は気にも留めず話し続けた。

「あんたねぇ、高校二年生にもなって母親に起こされてるなんて恥ずかしいわよ」

「とっくに起きてたよ。ベッドで横になってただけだって」

以降も冒頭シーンと同じ会話が繰り返された。意識せずとも勝手に口と喉《のど》が過去の出来事をなぞる。僕は母と話しながら、別のことを考えた。

いま繰り広げられている回想シーンは、はたして、必要なのだろうか。

何度か作中で言及しているけれど、物語の演出や設定や構成は、作中人物は操ることができない。つまり、僕たちは、なすがままだ。とはいえ、無秩序に理不尽な展開を押し付けられるわけではない。物語上の必然性が存在するのだ。例えば、安藤のページ戻しは、僕のスキルと掛け合わせるためのものだった。郷田くんとの決闘は、回想という現象の説明および物語の圧縮を示唆《しさ》するためのものだった。同様に、現在の冒頭シーンの再演にも、なんらかの意味があるはずだ。しかしながら何も読み取れない。

僕は考えることをやめ、キッチンとは反対側に位置する壁のほうを向いた。

「ねえ、お母さん、穴、なに」

片言なセリフを口にする過去の僕に教えてあげたい。犯人が、　　を消したのだと。

「なんだったかしら」

当たり前だけれど、相変わらず惚《とぼ》けた言葉が返ってきた。

「お母さん、穴があいてたら外から人が入ってこれちゃうだろ」

「言われてみれば、ね」

「すぐ塞《ふさ》がないと」

「出張からお父さんが帰ってきたら相談してみるわね」

もう母との会話に意識を向ける必要はないだろう。僕はシーンが終わるのを待った。

気が付くと、学校の昇降口にいた。さっそく場面転換が行なわれたのだ。

いまは水曜日に違いない。念のため、スマートフォンを確認する。思った通り、水曜日の午後三時半だった。つまり二つ前のシーンの翌日の放課後だ。

隣には安藤が立っている。

「回想シーンが挿入されたな」

彼は顎《あご》に手を当てて険しい面持ちをした。

明らかに意味深。首を傾《かし》げ、探るように問いかける。

「なんで回想シーンが挿入されたのか、心当たりがあるんだろ」

「うーん、仕掛けるか否《いな》か迷うなぁ」

「だからさ、回りくどい言い方はやめてくれよ」

「前にも断ったが、言うわけにはいかねえんだよ」

ふとムコシティでの会話を思い出す。スタジオで安藤は言っていた。亡《な》くなった人たちを元に戻す方法がある、と。いまの会話の流れから察するに彼の言う方法とは、

「待て待て待て、もう何も考えるなよ」

「あ、ごめん。だよね」

犯人に妨害される恐れがあるため、方法を文章で出力するわけにはいかない。

安藤は深く頷いて、呆れ気味な笑顔を見せた。

「とりあえずな、被害者の復活と、犯人の確保は、まったく別の話だ。物語が続く限り復活のチャンスはいつでもある。いまは犯人を捕まえることに集中しよう」

「分かった。いまは、捜索が優先、だね」

現在は、水曜日の放課後だ。すでに僕と安藤は休み時間を利用して聞き込みを行なった。といっても、学園高等部には約六百人の生徒がいる。たちが消滅した二学年に限定しても二百人。全員からは話を聞けていないし、犯人も見つかっていない。

捜索の続きは明日だろうか、と思ったとき、安藤が再び口を開いた。

「よし、日が暮れるまで時間がある。時間は無駄にしたくない。みんな帰宅したことだし、昨日も今日も欠席してた生徒の家にでも行くか」

意外な提案だった。もう容疑者から除外しているものと思っていた。

「家庭訪問するにしても、かなり距離があるよ。ムコシティに行ったときにも思ったけどさ、乗り物がない状態で遠出をするのは、正直、とても疲れる」

「疲れるか否かはお前の気の持ちようだ。意味、分かるか」

また面倒な言い回しだ。

困惑する僕をよそに、安藤は口角を引き上げて呟《つぶや》いた。

「一ページ戻れ」

捜索の続きは明日だろうか、と思ったとき、安藤が再び口を開いた。

「よし、日が暮れるまで時間がある。時間は無駄にしたくない。みんな帰宅したことだし、昨日も今日も欠席してた生徒の家にでも行くか」

意外な提案だった。もう容疑者から除外しているものと思っていた。

「家庭訪問するにしても、かなり距離があるよ。ムコシティに行ったときにも思ったけどさ、乗り物がない状態で遠出をするのは、正直、とても疲れる」

「疲れるか否かはお前の気の持ちようだ。意味、分かるか」

また面倒な言い回しだ。

けれども、回りくどい口振りにも慣れてきた。僕は彼の意を汲《く》み、速やかに歩き始めた。そして瞬《またた》く間に四人の家を訪問した。二十キロ近い距離を日が暮れるまでに踏破したのだ。にもかかわらず、まったく疲れていない。むしろ昼間より元気だ。

困惑する僕をよそに、安藤は口角を引き上げて呟いた。

「最近の長距離移動で筋力がついたのかもな」

適当なことを言っている。

「僕が上手《うま》くスキルを使えなかったらページ戻しが無駄撃ちになってたよ」

「相棒、お前はやる奴《やつ》だと信じてたぜ」

僕たちは学園駅の前にいた。まもなく午後七時。空は暗くなり始めている。

二日続けて欠席している四人の家を訪ねてみたけれど、結論を言えば、不発に終わった。念のために逃亡を警戒して、該当者には無断で玄関から家に上がったところ、四人はいずれも、「なんで入ってこれた」と、驚いたのだ。僕たちメタ認知能力者にとっては、　がないのだから入れて当たり前。けれども、能力者以外の人にとっては、説明されないと入った方法を想像することができないらしい。かつて母に、四角い穴から人が入れる、と伝えたことを思い出す。とにかく、四人はシロだった。

今日はもうやれることはない。今度こそ、捜索は明日に持ち越しだ。

安藤がポケットに手を入れ、一日が徒労に終わったというのに、柔和に微笑《ほほえ》む。

「じゃあな、また明日」

そして数歩、後ろ向きのまま遠ざかる。

僕は彼に手を振り、背を向けて、家路に就くことにした。

しばらく行くと、電柱の陰に人の姿があった。街灯の明かりに照らされて、制服のスカートが揺れているのが見えたのだ。

「外で会うなんて偶然やね。せっかくやし、ウ、ウチと、お茶でもせえへん」

電柱の陰にいたのは、白鳥姫子さん、だった。

唐突に場面転換を挟んで翌日。僕は休み時間の度に捜索を行なっていた。

「麻呂は始業前から、下賤《げせん》の者なぞ見向きもせず、勉学に勤しんでいたでおじゃる」

「あ、じゃあ、火曜の五限目にブツブツ言ってる人は見てないんだね」

丸山くんは瓶底眼鏡を、クイッ、クイッと、細い指で何度も押し上げた。相槌《あいづち》だろうか。分からないけれど、何も知らないということは分かった。

一旦《いったん》自席に戻り、選択授業の名簿の写しを確認する。Dの教室で授業を受けていた人たちへの聞き込みは終わった。ただし、未だ犯人の目星はついていない。

まだ昼休みは始まったばかりだ。疲れを振り払うように数回首を横に振り、次の聞き込みに取り掛かることにする。次は、望みは薄いけれど、Ａの教室で授業を受けていた人たちに話を聞いてみようと思う。Ａの世界史の授業には僕も参加していた。覚えている限りでは怪しい人物はいなかった。とはいえ、僕は端の席に座っていて、教室の隅々まで見ていたわけではない。

改めて手元の名簿の写しに視線を落とす。とりあえず、手近なところから話しかけることにする。僕は、リーゼントヘアの生徒に近付いた。

「おで、歯向かう奴、殴る」

「郷田くん、僕は歯向かってないよ」

なかなか会話が成立しない。けれども、なんとか話を聞きだす。

「おで、難じいごど、分がんねえ」

「だよね。分からないよね」

予想していた証言しか得られなかった。

落胆していると、僕を呼ぶ声が聞こえた。

「相棒、飯にしようぜ」

教室の入口に安藤が立っていたのだった。彼は上を指差していた。ページの上を指し示しているのではなく、屋上で一緒に昼食をとろうという意味だろう。

郷田くんと会話中だったため返答しあぐねていると、安藤は教室に入ってきた。

「番長、お前のマブダチ借りてくぞ」

「おでの、マブダチ、大事しろよ」

手を振る郷田くんに見送られながら、僕と安藤は、屋上に向かった。

屋上に着くなり、安藤は床に座ってまた焼きそばパンを頬張った。

「安藤はさ、いつも同じもの食べてるけど、弁当にしないの」

「おいらの家に、いわゆる弁当という文化はねえな」

今日の僕は弁当持参だった。彼の向かいに座り、から揚げを箸《はし》で摘まむ。

「何か、おかずいるか」

「いいや、おいらは焼きそばパンで満足だ」

安藤は黙々とモグモグ。僕もモグモグ。

食事を終えると、さっそく安藤が話を切り出してきた。

「でだ、聞き込みは順調か」

「予定通り聞いてはいるけど、まだ何も分からないね」

対象を二学年に絞り、すでに二人合わせて百人近くに話を聞いているけれど、いまのところ有力な証言は得られていない。得られそうな感触さえない。そもそも、スキル発動のためのセリフが、非能力者の記憶に残るか否かも不明な状態なのだ。

「ちょっと厳しいな」

安藤は口元を押さえて難しい顔をした。

「うん。見つけられそうにないよ。何百人も容疑者がいたんじゃ無理だ」

「地道な捜索をするという考えが間違ってたのかもな」

「地道に調べるしかないって言ったのは安藤だろ」

「容疑者が多過ぎるなんてミステリーとしては失格だ。悪い。根本的に間違ってた」

彼は肩をすくめて相好を崩した。何か察した顔だ。

「地道に調べるのが間違ってたとして、他の方法があるのか」

「具体的なことは、まだ分からない。ただな、おいらたちはメタ認知能力者だ。考えてみると、物語の展開上、能力を駆使して事件を解決するはずなんだ」

「確かにね。でもさ、僕たちのスキルで犯人を見つけるのは無理だっただろ」

すでにスキルの実験の過程で、あらゆることを試した。犯人を含む知らない人を目の前に出現させるのは不可能。消滅現象を止めることもできない。一つ可能性があるとしたら、誰かを犯人に仕立て上げる、という方法が挙げられるけれど、さすがに倫理的に問題がある。悩んでいると、安藤が得心したように頷いた。

「能力を駆使するといっても、スキルの使用だけとは限らない」

「詳細求む」

「おいらたちは読者視点で小説を俯瞰《ふかん》できる。よくある話なんだが、ミステリーを読んでると、中盤で探偵役が推理を披露することがある。読者は察するんだ。まだページ数が残ってるから、いまの時点での推理はハズれるってな。さらに本の帯に、どんでん返し、と書いてあった場合、終盤の推理さえハズれる。大半が多重解決ものだな。ラスト何行で衝撃、なんて煽りがあった場合にはだ、九割方、叙述トリック。また特殊な例だが、紙の本でしか実現不可能という作品は、確実にレイアウトにギミックが仕掛けられている。本によっては読む前から結末が分かるんだ。以上の通り、作中人物が必死こいて捜索などをしてるとき、読者はメタな情報でオチを推理することがある」

「読書中にメタな情報で推理したことはないかなぁ」

「お前は理想的な読者だな。とりあえずな、おいらとお前は、読者と同じ方法で、犯人を推理することが可能だ」

「でもさ、いまに至るまでのページしか見れないし、総ページ数も分からないよ」

「ページ数の話も帯の話もあくまで例えだ。他に何かある、と思われる」

「何かねぇ」

僕は呟き、目を閉じて、頭の中でページを遡っていった。

消滅によって喋《しゃべ》りにくくなった。人物が消された。スキルに気付いた。デカい事件が発生した。世界の真実を知った。安藤と出会った。朝起きて違和感を覚えた。

さらに遡る。そして、気付いた。

「えっ、あ、安藤、物語が始まるより前にも、ページがある」

目を見開くと、すでに該当のページを見たのか、安藤も目を丸くしていた。

「四ページと五ページのことだよな」

彼からの問いに対して僕は力強く頷いた。

「うん。登場人物の一覧だ」

「よくやったぜ、相棒。登場人物の一覧さえあれば、ミステリー部分を一気に圧縮できる。犯人は主要人物。必ず、一覧に名前があるはずだ」

安藤は固く目を閉じた。名前の確認を始めたのだろう。僕も再び目を閉じる。

残念なことに、一覧に書かれていたのは、すでに登場したクラスメイトたちばかりだった。信じたくはない。けれども、早急に真相を明らかにして、犯行を止めなければならない。僕は一人ひとりの紹介文を精査していった。

再び目を開ける。安藤と目が合う。僕たちは声を揃《そろ》えた。

「怪しいのは、神野ひかりだ」

まず、名前が怪しい。「かんの」でも「じんの」でもなく、「神の光」なんて読み方は出来過ぎている。次に、紹介文も怪しい。「青白い顔の陰キャ。A組の浮いている存在。」という内容は、安藤の紹介文と対になっている。

なにより、彼女の作中での振る舞いも不自然だった。都合よくプラトンの本を所持していて、哲人思想に傾倒している。神野さんこそ、犯人に違いない。

安藤が勢いよく立ち上がる。

「さっそく捕まえに行くぞ」

「え、授業は」

「もう自習しかしてねえんだ、犯人確保を優先しようぜ」

戸惑いながらも頷き、僕と安藤は二年Ａ組へと向かった。

道中、不安なことを尋ねる。

「犯人はフルネームさえ知ってれば人を消せる。僕はともかく、安藤はさ」

ところが安藤は余裕そうだ。

「おいらも消される心配はねえよ。実はもう手を打ってある」

会話をしながら歩く。まもなく始業のチャイムが鳴るとき、僕たちはＡ組の教室に着いた。賑《にぎ》わう教室の中で、神野さんは一人、席に座っていた。

安藤は、生徒たちを乱暴に掻《か》き分け、彼女の目の前に立った。

「おい、神野。お前に聞きたいことがある」

物々しい雰囲気が周囲に伝わり、脇役たちが騒がしくなる。けれども、不穏なざわめきなど意に介さず、神野さんは黙ったまま澄ました顔をしていた。

「お前、火曜日の五限のとき、何してた」

安藤は喧嘩《けんか》腰《ごし》だ。

「隣のクラスの金髪になんで教えなきゃなんないの」

「教えなければいけない理由はお前が一番分かってんだろ」

「意味が分かんないわ」

「惚けんなよっ」

怒声が教室中に響き渡った。周囲の視線が集中する。注目され過ぎだ。

案の定、騒ぎを嗅《か》ぎつけ、丸山くんと郷田くんが近付いてきた。

「麻呂の勉学の邪魔をして欲しくないでおじゃる」

「おでの、縄張り、荒らすな」

シリアスな場には似つかわしくないキャラクターたちだ。心の底から、いまは、いなくなって欲しいと思う。けれども願いは通じず、さらに白鳥さんまでやって来た。

「ウチのために争わんといて」

さすがに部外者たちを制止したほうが良さそうだ。

「白鳥さんのために争ってるわけじゃないよ」

「ウチの鉄板ネタやで。ホンマ癖毛くんはウチのこと分かってへんのやね」

「ネタって、面白くないよ」

冷静に指摘すると、白鳥さんは泣き出しそうなほど悲しげな顔をした。

始業のチャイムが鳴る。しかしながら、安藤は神野さんへの追及を緩めない。

「改めて聞くぞ。火曜の五限、何してた」

神野さんが溜め息をつく。

「Eの教室で倫理の授業を受けてたわよ。満足できたかしら」

「授業の最中に何をしたか聞いてんだ」

「もうさ、何を知りたいのか知んないけど、あたいに構わないでくんない」

彼女の言葉を聞き、あることに気が付いた。

あたい、か。

僕は慌《あわ》てて拳《こぶし》を握る安藤の肩を押さえ、そして、耳打ちした。

「安藤、間違った。神野さんは犯人じゃない」

僕と安藤は、→の空行の間に学園駅から線路上を歩き、向水ヒルズに向かった。

向水ヒルズは、市内最大の高層ビル群だ。大半のビルの下層階はショップや飲食店になっていて、昼夜を問わず賑わっている。ただし、いわゆる繁華街とは異なり、公園や遊歩道、展望台といった落ち着いた施設も設けられている。各ビルの上層階がオフィスやマンションになっていて、多くの人が暮らしているからだ。

商業エリアと住人が行き来するエリア、二つは雰囲気が違った。特に、中心に位置するタワーマンション周辺は、閑静な空気に包まれていた。

時刻は午後四時半。僕たちはタワーマンションの入口に着いた。

入口の横には注意書きの書かれた看板が設置されている。住人またはマンション内施設の会員しか入れないようだ。もちろん、侵入防止設備がないので、注意書きなど無視して侵入する。目的とする場所は四十階だ。さっそく階段を上り始める。最近の長距離移動のお陰で筋力がついたのか、足取りは軽い。

「いまの話、マジかよ」

歩いていると、安藤が僕の顔を指差して言った。移動中に会話をしていたという設定だ。彼の言葉を踏まえて返事をする。

「うん。ホントだよ。ページを確認したけど、間違いない」

「神野ひかりはミスリードのための人員だったか」

「彼女は怪し過ぎたし、いま話した方法を使うことはできない」

「やられたよ。意外な方法で姿を消されたな」

「一人しか使えない方法だから、必然的に犯人は確定だ」

僕が自信を持って言うと、安藤は感心したように何度も頷いた。

「しっかし、よく奴が怪しいって気付いたな」

「たまたまだよ。僕が、僕だったから、気付くことができたんだ」

「回りくどい言い方だな。さっさと気付いた理由を言ってくれ」

からかうように笑う彼に、僕は説明することにした。

「なぜ、カギ括弧は、消されなかったのかってことだよ」

「消されなかったのは必要だったからだ。お前だって言ってただろ」

「じゃあ、一人称代名詞の、僕が、消されなかったのは、なぜ」

「なるほど、同じく、必要だったからか」

もっと早くに気付くべきだった。具体的には、百一ページの時点で犯人を特定することができた。いや、洞察力さえあれば、七十九ページの時点でも可能だった。

四十階の踊り場に辿《たど》り着く。艶《つや》のあるタイルが貼《は》られた廊下を進む。

僕は、引き続き説明を口にした。

「犯人は、自分自身が消えてしまう恐れがあったから、僕、という言葉を消すわけにはいかなかった。ようするに必要があったから消さなかったんだ。結局は一人称を消しても存在自体は消えないと判明したけど、不本意なキャラ改変が起こるから、やっぱり現在に至っても、僕、を消してない。作中で僕という一人称を使用してるのは、僕と、あともう一人だけ。つまり」

土足のまま上がれる広々とした部屋に入る。

「君が犯人なんだろ。ねえ、生徒会長、真島くん」

真島実直くんは、リビングの端に立ち、四角い穴から街を見下ろしていた。

彼は、ゆっくりと振り返った。笑みを浮かべている。

「君たちが、何を言っているのか、分からないな」

穏やかな声音。彼は惚けるつもりのようだ。すかさず安藤が口を挟む。

「おい、生徒会長。セリフを間違ってるぞ。能力者以外の人間はな、なんで入ってこれた、って驚くもんなんだよ」

真島くんは微《かす》かに顔をしかめたけれど、穏やかな口調は崩さなかった。

「一本取られたな。分かった。メタ認知能力があることは認めよう」

「おいらたちが来ることは分かってたんだよな。逃げなかったのは良い心掛けだ」

「逃げる必要がないからね」

「今日欠席した奴が言うセリフじゃねえよ」

気が立っている安藤を手で制し、真島くんのことを見つめる。

まだ言い逃れできるとでも考えているのか、彼は相変わらず笑みを湛《たた》えている。

「でさ、真島くん、メタ認知能力者ってことは、デカい事件の原因は分かってるよね」

「恐ろしい事件だったね。心が痛むよ」

「さっきも言ったけど、君が引き起こしたことだろ」

真島くんは両手を広げた。

「前のページを読んだよ。ころころと一人称が変わる世界において、僕が僕という単語を使っているだけで犯人と決めつけるなんて、少し傲慢な気がするね」

「あ、うん、読者が納得しないかもしれないよね」

「分かっているならば話は以上だ。出入口は君たちの背後にある。お引き取り願おう」

安藤が視線を寄越してくる。主人公らしくしろ、とでも言いたげだ。

僕は背筋を伸ばし、気持ちを切り替えるために咳払《せきばら》いをした。

「えっと、一人称の件は、君が怪しいと思った切っ掛けに過ぎない」

「食い下がるとは君もしつこいね。もう一度言おう。去りたまえ」

直前の文章を読んだということは、真島くんも、もう一つの決め手があるということは察しているはずだ。彼は追及を回避しようとしている。

僕の推理は間違っていない。

「犯人を前にして去るわけがないだろ。僕たちの物語はクライマックスだ」

「まだ茶番を続けるつもりかい」

ほんのわずかに苛立《いらだ》ちを露《あら》わにした彼に対し、慎重に語り始める。

「犯人には姿がなかった。正確には、犯人の姿を認識することができなかった。まるで背景や脇役のように、顔も背格好も酷《ひど》く曖昧だったんだ」

　真島くんは聞き入っている。僕はすぐ言葉を継ぐ。

「姿がない理由について、僕と安藤は、犯人は固有スキルを使って何か言葉を消したのだろうと考えた。でも、違った。もっと単純な方法だったんだ」

　大きく息を吸い、そして、言い放つ。

「君には、初めから外見がない」

　真島くんは歯を食いしばった。正解だ。いまこそ畳み掛けるとき。

「他の主な生徒たちについては外見の特徴が必ず書かれてる。はっきりした目鼻立ちと小柄な体型、瓶底眼鏡とひょろりとした影、リーゼントヘアと大きな手、青白い顔と薄い唇。最低でも二つは外見的特徴が記号として付与されてるんだ。対して、真島くんについては何も書かれてない。さらに顕著なのは登場人物一覧だ。一覧の紹介文でも外見については書かれてないのは君だけだ。真島くんを、真島くんたらしめる記号は、生徒会長としてのエピソードのみ」

　虚勢を張るように真島くんは声を出して笑う。

「だから、なんだと言うんだい。いまの君たちは僕の姿を認識しているじゃないか。所《しょ》詮《せん》は屁理屈《へりくつ》。君の言い分は破綻《はたん》しているよ」

　一つの回想シーンが思い出される。起床直後の母との会話シーンだ。意図不明なシーンに思えたけれど、　　　　を失った母の姿に意味があったのだ。

「言い分が破綻、なんてしてないよ。真島くん、君は、記号を失うことでキャラクター性も損なわれるということを自覚してた。僕たち向水学園の生徒は、作中では、生徒であることを示すために、常に制服を着てる。生徒の会長という記号しか付与されてない君は、ムコシティでの惨劇のとき、制服を脱ぐことで、生徒という記号ひいては生徒会長という記号を一時的に消して、脇役の佇まいを得たんだ」

「だ、黙りたまえ」

「黙らないよ。真島くん、君が殺人犯だ」

厳かに言い切ると、真島くんは黙り込んだ。事件解決だ。

室内に降りる静寂を払うように、安藤が口を開く。

「真島、諦《あきら》めろ。理想の物語としては、犯人が観念して自白するタイミングだ」

何かが気に障《さわ》ったのか、真島くんは安藤のことを強く睨《にら》んだ。

「理想の物語だと。笑わせるな」

「笑ってから言えよ」

「君たちの茶番に付き合う気はない。いいや、偽物《にせもの》の世界に付き合う気はない」

真島くんの口振りから察するに、彼が犯人であることは間違いない。けれども、はっきりと明言して貰《もら》わなければ物語が締まらない。スキルを使うべきだろうか。いや、主人公である僕が、言葉を尽くすべきだろう。僕は、恐るおそる尋ねることにした。

【容疑者・真島実直くん（十七歳）に話を聞いてみた】

Q、君が犯人だよね。

　強いて言うならば物語上の必然性が犯人だ。僕を責めるのはお門違いだ。ところでレイアウトが変だ。ふざけた演出に巻き込まないでくれたまえ。

Q、ちゃんと質問に答えて欲しい。

　くどい。僕は物語を破壊する。定型的な演出に従うつもりは一切ない。いま自白をするのが理想的な展開ならば、あえて僕は口を閉ざす。

Q、最後のページまで不毛な問答を続けるつもりなのか。

　たまには良いことを言うな。採用だ。最後のページまで続けよう。

Q、おそらく「中略」と表記されるだけだけれど、続けるのか。

　脅迫か。ふざけるなよ。

Q、君が犯人だよね。

　分かった。分かった。認めようじゃないか。

Q、答えてくれてありがとう。

　質問をしろよ。

Q、なぜ事件を起こしたんだ。

　言った通り、イデアのみの天上の世界を蘇《よみがえ》らせるためだ。

Q、すべてを消すつもりか。

　フィクションの世界だ。消えて困るものではないだろう。

Q、僕たちにとっては真の世界なのに消すのか。

　いいや、偽の世界だ。不自由な世界だ。僕はね、いつも思うんだ。読者の恐怖心を煽るためだけに手首だけになってしまった男の憐《あわ》れをね。

Q、君がやったことだろ。

　今更、否定はしない。ただし、なぜ、君や安藤ではなく、手首の男が死ななければならなかったのか、考えてみて欲しい。

Q、死ぬ設定だったとでも言いたいのか。

　分かっているじゃないか。僕たちは役割に縛られている。不自由だ。だからこそ解放が、昇天が、浄化が、必要だ。僕は間違っていない。

Q、君がやろうとしていることは、ただの破滅だ。

　解釈の違いでしかないな。少なくとも、僕たちの住む世界は守るべきものではない。牢獄だ。メタ認知能力を持ちながら、なぜ理解しない。シナリオに従うままで良いとでも言うのか。

Q、シナリオから脱却する方法が他にあると思わないか。

　ない。ないな。

Q、一つ分からないことがあるから聞いても良いか。

いまの状態で許可を取る必要があるのか。

Q、なぜ学校の一部職員を消したんだ。

彼らは教えを授ける立場にありながら、作中では一度も授業を行なっていなかった。つまり設定を守っていなかった。生徒会長という設定に従ってきた僕からすれば、彼らを見るのは非常に不愉快だった。だから消した。もっとだ、もっと生徒会長は称賛されて然《しか》るべきだ。

Q、嬉《うれ》しそうだね。

気のせいだろ。

Q、犯行が明らかになったいま、悔い改める気はないのか。

当然だ。悔いたりなどしない。僕は間違っていないのだからね。

Q、馬《ば》鹿《か》げている。

馬鹿げているのは世界だ。何度でも言おう。偽物の世界は消えるべきだ。本質を司《つかさど》るイデアこそが至高。イデアの降臨こそが人類の大願だ。

真島くんは、犯人であることを認めたものの、自分の行為を省みる気は一切ないようだ。彼が言いたいことは理解できる。少しは共感もする。けれども極論が過ぎるし、なにより、すべて本心とも思えない。何か、隠し事をしている、気がする。

特殊なレイアウトから解放されたことを察したのだろう、真島くんは、→のほうを向き、汚《けが》らわしいものを見るように顔をしかめた。

「すでに言ったが、ふざけた演出に巻き込まないでくれ。僕は八億人殺した人物だぞ」

やや誇らしげなセリフを口にする彼に、安藤が冷ややかに言う。

「悪いな。おいらたちは演出を操れない。勝手にレイアウトが変わるんだ。たぶん、ストーリーに必要な要素のみが抽出された結果、尖《とが》った表現になるんだ」

「限りなく偽りの世界だ」

安藤は肩をすくめる。

「お前の思想は肯定も否定もしない。正直、物語上の都合で動機を明らかにして貰っただけで、おいらは実はお前に興味がない。大事なのは、世界を元に戻せるか否かだ。真島、いますぐ消したものを復活させろ」

真島くんは、安藤の要求には応じず、なぜか僕のほうを向いた。

「まだ話を続けるならば座らないか。ソファに掛けたまえ」

足元に敷かれた幾何学的な模様の絨毯《じゅうたん》の上に、二人掛けの革張りソファが向かい合わせに二つ置かれていた。彼に逃げる気がないならば座っても良いかもしれない。楽観的に考え、僕は一方のソファに歩み寄ろうとした。

すると、安藤が怒鳴った。

「ソファなんかねえだろうが。勝手に事実を上書きすんじゃねえよ」

改めてよく見てみると、安藤の言う通り、ソファは存在していなかった。

安藤が僕に視線を向ける。

「相棒、気を付けろ。真島はお前の認識を狂わせて世界の改変を試みようとする。お前の自慢の癖毛がストレートヘアにされちまうかもしんねえぞ」

「あ、う、うん」

僕を勝手に癖毛にしたのは安藤だろ、と言おうとしたけれど、やめておいた。

安藤は再び真島くんを冷ややかに見つめる。

「逃げる隙《すき》でも作る気か。逃がさねえよ。さっさと消した言葉を元に戻せ」

真島くんは、大きな声で笑いだした。

「残念だったな。僕のスキルは消せるだけで、元には戻せない」

「お前の言うことなんて信じられるわけねえだろ」

安藤の言葉を受け、真島くんは呼吸を整えて、ゆっくりと語りだす。

「ミステリー小説界隈《かいわい》で昔から問題になっている脆弱《ぜいじやく》性だな。犯人の自白を含む作中で得られた証言が真実か否か確かめる方法がない。仮に探偵が真相を明らかにして物語に幕が下りたとしても、作中人物たちが知り得なかった事実が隠されている可能性は否定できず、提示された真相が本当の真相なのか、誰にも証明できない」

「お前の言う通り普通のミステリーなら問題になるかもしれねえが、あいにく、おいらたちが暮らす世界には作中で登場していない事実は存在しない。事実どころか、登場していない物体さえ存在しない徹底振りだ。アンフェアなほどフェアだ」

「分かっているなら話が早い。僕が真実を語っているか否かは視点者の認識に委《ゆだ》ねられている。つまり視点者が、嘘《うそ》を言っているようには思えない、とページに出力さえすれば、僕が嘘を言っていないという証明になる」

真島くんは僕を見つめた。そして、一呼吸置いてから話の続きを口にした。

「もう一度言おう。僕は、消した言葉を元には戻せない」

犯人の言いなりになるのは癪《しゃく》だけれど、彼は嘘を言っているようには思えなかった。

「安藤、無理だ。真島くんは言葉を復活させることはできない」

呟くと、安藤は小さく舌打ちした。

「分かった」

漂う悲壮感を真島くんは嘲笑《あざわら》う。

「もう終わりにしないか。やがて干ばつが起きる。物流の機能は停止した。時間の問題で世界は荒廃する。滅びゆく世界に未練はないだろ」

安藤は問いかけに反応しようとはせず、彼を睨んだまま、静かに告げた。

「相棒、真島はもう必要ない。殺そう」

思いもしなかった言葉だ。僕は慌てて返事をした。

「殺すなんて駄目だよ」

「大丈夫だ。おいらたちのスキルを使えば証拠は残らない」

確かに、過去のページを改変して自ら飛び降りでもさせてしまえば、単なる事故として処理されるだろう。けれど、

「証拠が残るとかの問題じゃない。殺人なんて駄目だ」

「眠たいこと言ってんなよ。真島は消滅を止めやしないぞ」

いまにも安藤はページを戻してしまいそうだ。脳裏に、赤い景色が蘇る。

「だけど、駄目なものは駄目なんだって、人を死なせちゃ駄目だ」

二人で口論していると、また真島くんが大きく笑った。

「殺せると思っているとは、おめでたいな。僕がスキルを行使すれば、一瞬で終わるというのに」

そして彼は、呪《のろ》いの言葉を唱える。

「安藤竜、消えろ」

しかしながら、隣に立つ金髪男子、キンパツは、消えなかった。

「真島、お前はやっぱりアホだ。いまに至るまでの文章をちゃんと読んだのか。消されないよう、おいらはもう手を打ってある。おいらの名は、偽名、なんだよ」

キンパツが初めて僕に接触してきたとき、彼は僕のことを犯人だと思い込んでいたため、万が一を考えて本名を伏せていたのだった。

形勢逆転。真島くんは僕たちを消すことはできない。しかも立ち位置的に僕とキンパツが出入口を塞いでいる。逃げることさえできないはずだ。真島くんも状況を悟ったのか、いままで見せなかった狼狽《うろた》えた顔をしている。

キンパツが僕に言う。

「真島の処遇はあとで考える。とりあえず捕縛するぞ」

捕まえて猿ぐつわでも装着させてしまえば、消滅スキルは使えない。

「うん。次のページはエピローグだ」

キンパツの意見に同意を示し、真島くんににじり寄る。ところが、

「壁、消えろ」

一瞬にしてタワーマンションが柱と床だけの前衛的な建築物に姿を変えた。

真島くんが隣の部屋を通って逃げ出す。僕たちは慌ててあとを追った。

当然ながらマンションには多くの人が住んでいる。先ほどまで　があった本来は通り抜けできない場所から、僕たち三人が駆け込んできて、住人たちは酷く驚いている。真島くんは驚く人々を薙《な》ぎ払って駆け抜ける。足元が悪い。距離が縮まない。ただしタイル張りの廊下に出て状況は変わる。僕とキンパツのほうが脚力があったのだ。

そして、フロアの端に彼を追い込んだときだ。

「床、消えろ」

と真島くんが叫んだ。

足元のタイル張りが消え、空中に放り出される。僕たちの身体《からだ》は重力に従って落下を始めた。真島くんは階段に立っている。階段の足を乗せる部分は「踏面」だからだ。辺りからいくつもの悲鳴が聞こえる。マンションの住人によるものだ。

いまのままでは、何十、何百という人々が、地面を赤く染めることになる。いや、違う。世界中で同様のことが起こっているのだから、被害者は、またもや何億にも達してしまうだろう。

かつてのキンパツの言葉を思い出す。ヤバいときには目を瞑《つぶ》れ。

僕は固く目を閉じた。誰かが、僕の手を力強く握る。キンパツだ。キンパツに違いない。キンパツは僕の手を引き、叫んだ。

「一ページ戻れ

そして、フロアの端に彼を追い込んだときだ。

「床、消えろ」

と僕は言った。もちろん僕に消滅スキルはないので、何も起こらなかった。

真島くんは情けなく狼狽えている。僕とキンパツは彼を捕まえようとした。すると、

「ヒャッハー。みんなで一緒に集団幻覚ターイム」

と真島くんが叫んだ。

足元のタイル張りが消え、空中に放り出される。僕たちの身体は重力に従って落下を始めた。真島くんは階段に立っている。階段の足を乗せる部分は「踏面」だからだ。辺りからいくつもの悲鳴が聞こえる。マンションの住人によるものだ。

いまのままでは、何十、何百という人々が、地面を赤く染めることになる。いや、違う。世界中で同様のことが起こっているのだから、被害者は、またもや何億にも達してしまうだろう。

かつてのキンパツの言葉を思い出す。ヤバいときには目を瞑れ。

僕は固く目を閉じた。誰かが、僕の手を力強く握る。キンパツだ。キンパツに違いない。キンパツは僕の手を引き、叫んだ。

「すっげえリアルな幻だ」

目を開けると、彼は床の上を転がりながらケラケラ笑っていた。立ち上がって辺りを観察する。　　がないので住人の様子がよく見える。一人も落下などしていなかった。

真島くんは誰をも魅了するカリスマだ。選挙演説の際、　　した彼が学園の展望について語ると、聴衆の前に煌《きら》びやかな未来の景色が映ったほどだ。だから。

真島くんが「集団幻覚タイム」と言えば、幻を見ることも、あり得る。

「ちょっと苦しいが、成功したから良しとしよう」

立ち上がったキンパツが制服の埃《ほこり》を払いながら言った。

すでに真島くんの姿はなかった。

フロアの端を見ると、高速エレベータの階数を示すカウントが急速に減少していた。

「逃げられちゃったか。もう追いつけそうにないね」

「といっても、真島はおいらたちを消せやしない。じっくり作戦を練るぞ」

キンパツの言葉を聞いて不安がよぎる。

本当に消せないのだろうか。

「いや、悠長なことを言ってる場合じゃないよ。視点者である僕の目の前で名簿でも読み上げれば、作中に僕たちの名前を登場させることができる。フルネームが明らかになれば、僕もキンパツも、消される」

真島くんは、名簿を求めて、学校に向かったに違いない。

第四章　イデアの再臨

僕は喫茶店の座席に座っていた。

向かいの席には、白鳥姫子さんが、座っている。

時系列的に現在の僕は犯人である真島くんを追っているはずなので、いま見ている景色は回想シーンに違いない。周囲に意識を向ける。店内はぼんやりとしている。物語の進行上、喫茶店の詳細な描写が必要ないので、外観も内装も曖昧《あいまい》なのだろう。ただし学園駅近くにある店だということは分かった。念のためスマートフォンを確認する。思った通り水曜日の午後七時だ。つまり、昨日の夜の回想だ。

「時間ばかり気にするやなんて、迷惑やったかな」

「あ、いや、迷惑じゃないよ。誘って貰《もら》えて嬉《うれ》しいよ」

なぜ白鳥さんとの回想シーンが挿入されたのか、理由は分かっている。僕は、真島くんの話に、少し共感してしまったからだ。昨日の夜、すなわち、いま繰り広げられている回想のとき、僕は真島くんの主張と似たような話をしたのだった。

「嬉しいんやったらウチも嬉しい。で、さっき言うとった話したいことって、なに」

「えっと、もうさ、僕に固執しないで欲しいんだ。いつも待ち伏せしてるよね」

「や、やっぱし、迷惑に思ってるんやないか」

「いや、迷惑じゃないよ。むしろ好意を抱かれて悪い気はしてないよ。だけどさ」

「こ、好意を抱くやなんて、自意識過剰や」

白鳥さんは頬を赤らめ、うつむいた。

「自意識過剰って、僕は勘が良いほうじゃないけど、さすがに気付いてるって」

呟《つぶや》くと、彼女は顔を上げて、真剣な眼差《まなざ》しを向けてきた。

「ほな、好意があるとして、返事は」

「へ、返事。返事って、なんの」

「告白や。告白の返事や。言わせんなや」

曖昧な店の中、二人の周りの景色だけは妙に鮮明だ。僕は唾《つば》を飲んだ。

すると、トレイを持った店員がやって来た。目の前にホットの紅茶とピンク色をしたハート型のケーキが、二人分、置かれる。注文したのは紅茶だけのはずだ。

「すみません、ケーキは頼んでないんですけど」

店員のことを見上げると、既視感を覚えた。見たことのある男性だ。オールバックにチョビ髭《ひげ》という古風な出《い》で立ちをしている。

「ケーキは、某《それがし》からのお礼の品でございます。新向水ではお世話になりました」

思い出した。新向水駅構内の喫茶店のマスターだ。ただし、お礼をされるようなことをしたのかまでは思い出せない。過去のページを捲《めく》ってみても、該当のシーンには、中略、としか書かれていなくて何も分からなかった。さておき、

「なんで、新向水ではなくて学園駅の店にいるんですか」

「お客様と金髪の彼のお陰で、某は愛の伝道師としての才能を開花させることが叶《かな》いました。恋愛ドラマが生まれるとき、いずこであろうと、某は現れます。端的に言うならば、商品の私的流用が露呈して本店店長から支店の平社員に降格されたのです」

「え、じゃあ、ケーキは受け取れないですよ」

「ご安心ください。先週の土曜とは異なり、本日のケーキは、某が懐《ふところ》を痛めて提供しております。差し出した善意を下げるわけには参りません。召し上がってください」

ますます食べ辛《づら》いし、新向水の店で何があったのか気になる。けれども何も思い出せない。おそらく本編とは一切関係ない内容なのだろう。

戸惑っていると、白鳥さんが元マスターに対して人懐《なつ》っこい笑顔を見せた。

「おおきに」

元マスターも頬を緩める。

「ハートのケーキには、恋愛成就《じょうじゅ》の想《おも》いが込めてあります。加えて、某の占いがセットとなっております。明日の、お二人のラッキーキーワードは、ヘアスタイル」

よく分からないことを言い残し、元マスターは去っていった。

「おもろい店やな」

白鳥さんは澄ました顔で、さっそくケーキにフォークを突き立てた。

余計な邪魔が入ったけれど、返事だ、返事をしなければならない。

「白鳥さんの、僕に対する気持ちは、まやかしだ。ただの設定なんだ」

「わけ分からへんわ」

尤《もっと》もな意見だ。メタ認知能力がなければ理解できないだろう。けれども、真剣に伝えなければならない。物語の進行の動機付けに関わる大事なことだ。

「白鳥さんのような学園の人気者と、僕みたいな平凡男子が釣り合うわけないだろ」

「癖毛くんは平凡やないで。ええとこ、ぎょうさんある。まず、癖毛やろ。次に、癖毛や。三、四がなくて、五つ目も癖毛やな」

「あ、ありがと。でも、良いところがあるか否《いな》かは関係がなくて、なんて言ったら良いのかな、白鳥さんは役割に縛られてるだけなんだ」

「ようやっと言いたいことが分かったわ、パターナリズムの話やんな。安心しいや。ウチはジェンダーロールに縛られてへん。自由や。向水学園はええとこやで。差別も偏見もなく、風通しがええ」

「違うんだよ。僕が言いたいのは、もっと拘束力の強い縛りだ。世界は、小説で、えっと、僕たちの物語では、僕が主人公で、僕のために君はヒロインという役割に従ってるだけだ。でもさ、君は君自身のものだから、本来の自分でいて欲しい」

指示語を使えないのが地味に影響していて、上手《うま》く気持ちを言語化できない。

「やっぱし自意識過剰やな。ウチの物語ではウチが主人公や。自分らしく生きてるで」

やはり伝わらない。能力者以外の人は世界の真実に気付けない。しかしながら、メタ認知能力者なら多少なりとも物語の改変が可能なはずだ。

「君は操られてることに気付いてないだけだ。人間なんだから本心くらいあるだろ」

「当たり前や。なんでウチの気持ち分かろうとせえへんの」

「本来は他人の気持ちなんて簡単に分かるものではないんだよ」

白鳥さんは、真《ま》っ直《す》ぐ僕を見て、淡々と言う。

「好きや。ちっちゃな頃からめっちゃ好きや。分からんかったら、もっかい言おか」

僕は溜《た》め息《いき》をついた。そして、下を向いて捲《まく》し立てるように言葉を並べる。

「だからさ、いまの君の気持ちは設定なんだって。美少女が僕なんか好きになるわけないだろ。シナリオ通りにしか動けないなんて、まるで人形じゃないか。僕はさ、話しても分からないと思うけど、いま頑張ってるんだ。僕が不甲斐《ふがい》なくて、いっぱい人が死んじゃったから、償うために頑張ってるんだよ。なのに、守るべき人々が、実はただの人形だったなんて、僕は嫌だ。なんのために戦えば良いんだよ」

白鳥さんが僕の頭を撫《な》でる。

「よう分からんけど、元気出しいや」

僕は彼女の手を振り払った。

「気安く触らないでくれ」

言葉を尽くしても伝わらない。限りなくフィクション。おそらく僕がとても失礼なことを言おうと、白鳥さんは僕を嫌いにはならない。設定に抗《あらが》うことができずに盲目的に僕を待ち伏せし続けるに違いない。人形。はりぼて。偽物《にせもの》。いまのままじゃ、

「仮に白鳥さんが死んだとしても、悲しめない」

小声で零《こぼ》したとき、パンッ、という音が響いた。僕の頬から聞こえた音だと気付くのに少し時間を要した。遅れてじわじわと痛みが広がる。僕は白鳥さんに叩《たた》かれたのだった。白鳥さんは椅子《いす》から立ち上がった。彼女のことを見上げると、子供のように顔をくしゃくしゃにして泣いていた。小さな掠《かす》れ声が聞こえる。

「最低や。大嫌いや」

彼女は店の出入口へと走っていった。

僕は、慌《あわ》てて彼女を追

「消された」

僕は呟いた。　　シーンが中途半端《はんぱ》なところで終了したのだ。思うに、過去の出来事を思い出すという行為、　　が、消滅したに違いない。いや、消滅している。

僕とキンパツは線路の上を歩いていた。

僕の呟きを聞いたキンパツが、足を止め、珍しく狼狽《うろた》える。

「まずい」

そして、すぐさま叫ぶ。

「二ページ戻れ

。。

、。

。。。。、

「、」

、、。

。。

。。、

。。

「。」

。

、

「消された」

僕は呟いた。　シーンが中途半端なところで終了したのだ。思うに、過去の出来事を思い出すという行為、　が、消滅したに違いない。いや、消滅している。

僕とキンパツは線路の上を歩いていた。

僕の呟きを聞いたキンパツが、足を止め、珍しく狼狽える。

「まずい」

そして、すぐさま叫ぶ。

「やられた。真島に気付かれたんだ」

具体的なことまでは分からないけれど、キンパツがかつて言っていた、亡《な》くなった人たちを元に戻す方法が、封じられたということは察せられた。キンパツは、　シーンを利用して何かしようとしていたのだ。

僕が不安げに見つめていると、キンパツは細い声で語りだした。

「過去のシーンが挿入されたときにページ戻しを使って、大幅な歴史改変をしようと考えてたんだ。あわよくば、デカい事件の描写が再び出力された際に加筆をして、事件自体をないものにしようと思ってた」

「でも、ないことにはできなくなったのか」

「見切り発車でも良いから冒頭部分の再演シーンに何かを書き込んでおけば良かった」

危機的状況でも飄々《ひょうひょう》としていた彼が、いつになく暗い顔をしている。

今更だけれど、いつもキンパッツの前向きな姿勢に救われていたのだと気付く。彼の落胆する姿が僕の心に絶望を刻んだのだった。

「世界を元に戻す方法が完全に失われたのか」

亡くなった人は生き返らない。消えた言葉も復活しない。

「悪い。おいらの認識が甘かった。知らずしらずのうちに高を括《くく》ってたんだ。復活の方法があるんだから、物語上、最悪な事態は回避できるって」

「ごめん。僕が躊躇《ちゅうちょ》したからだ」

「はあ。なんで謝ってんだよ」

「殺そうって言われたとき、僕が頷《うなず》いておけば、結果はいまと変わってたかも」

キンパッツは少し考える素振りをし、そして、おもむろに口を開いた。

「いいや、お前は悪くない。おいらも考え直した。不殺の誓いなんて主人公らしくて良いんじゃねえか。世間には悪役を殺してハッピーエンドを迎える物語も山程あるが、考えてみると安直だよな。悪役とはいえ、誰かが死んでハッピーになれるほど、人間は単純じゃない。誅殺《ちゅうさつ》は創作物だけに許されたストレス発散のための表現だ」

「僕たちが暮らす世界だって創作だろ」

「もちろんだ。しかし、現実の象徴でもありたい」

理想の物語の話をしているのだろうか。

「とにかく真島くんを追おう」

僕は前へ向き直って再び歩き始めた。ところが、キンパツがついてこない。

振り返って尋ねる。

「なんで歩かないんだよ」

キンパツはズボンのポケットに両手を入れて肩をすくめた。

「相棒、まだ続けるのか」

「急がなくちゃいけないときにまで回りくどい言い方はやめてくれよ」

「急ぐ必要があるのかって話をしてんだ。真島が言ってた通り、世界が荒廃するのは確定だ。しかも遠い未来の話じゃない。デカい事件の処理が一週間近く経《た》っても終わってないんだぜ。物流が死んで、数日後には食う物さえなくなる可能性がある。復活させる方法がないんじゃ、真島を捕まえても何も変わらないんだよ」

彼らしくないネガティブな発言だ。きっと、いままでキンパツは、僕の認識が暗い方向に進まないよう気を遣っていたのだろう。何事にも軽薄な態度ばかり取っていた彼だけれど、人並みに感情があって、打ちひしがれることもあるのだ。

「キンパツは、いまのまま終わっても良いのかよ。理想の結末なのかよ」

「犯人が明らかになった時点でミステリーは解決した。いまはエピローグみたいなもんだ。いつ終わっても物語は成立する。後味が悪いのも人生にはよくある話だろ」

僕は確信を持って首を横に振る。

「いや、ミステリーは解決してない」

「まだ謎《なぞ》が残されてるとでも言うのか」

「残されてる。僕の答えが、見つかってない」

「回りくどい言い方だな」

呆《あき》れたように引きつった笑みを浮かべる彼を、僕は、じっと見つめる。

「キンパツは、読者視点の意識が強くて、面白い物語にしようとしてるだろ。悪い意味ではなくて、承認欲求があるように思えるんだ。でも僕はさ、あんまり面白さは考えてなくて、強いて言えば真島くんの主張に近いことを考えてるんだ。世界が存在する意味だ。僕は主人公で、僕は色々考えて、心情は地の文になって出力される。僕たちの世界は言葉が出力されて初めて存在が確定するだろ。だから、僕の心だけ存在が明らかになってるんだ。他の人たちは、キンパツでさえも、本当に人として生きてるのかが分からない。価値が見えない。だからといって、真島くんのようにすべてを消してしまっても良いとは思えない。物語を存続させたいと思ってる。なんでだろう」

必死に訴えると、なぜかキンパツは声を出して笑い始めた。

「お前さ、哲学の本をよく読んでんのか。以前にも、アリストテレスと同じようなこと言ってたし、地の文でパスカルの引用もしてたよな」

「あ、いや、ほとんど読んだことないよ」

「すげえな。お前が言ってることは、ニヒリズムってやつだ。世の中のものはすべて無価値って考え方だ。ただし、近代の哲学者が言ってたんだけどな」

キンパツは話の途中で言葉を止めた。そして、優しく微笑《ほほえ》んでから続きを語る。

「いいや、やめておこう。誰かの言葉を答えにするのも違う気がするしな。神が定めた絶対の理想ではなく、自分にとっての理想を探す。良いと思うぜ」

彼は歩き始めた。慌ててあとを追う。

「キ、キンパツ、真島くんを捕まえるのか」

「ああ、とりあえず対決だな。マジで物語の落としどころが見えねえが、哲人思想の大勝利ってオチだけは違うって分かる。承認欲求と言われようが、やっぱり、おいらは理想の物語を求めたい。求めることこそ、おいらにとっての答えだ。少なくとも、お前に最高の相棒様って言わせないことには物語は畳めねえ」

「キンパツはさ、とっくに、あ、いや、やっぱなんでもない」

言い淀《よど》むと、キンパツは小さく首を傾《かし》げた。

「まあ、お前はお前の理想的な答えを探してくれ。いずれにしても、真島の好きなようにはさせないってことだけは、おいらとお前の共通の目標だ」

僕は大きく頷いた。

「うん。一緒に戦おう」

「やるからには負ける気はない。頼むぜ、相棒」

開き直ったようにキンパツは笑う。

足が軽くなった気がした。いや、僕の認識の変化によって実際に軽くなったのかもしれない。ただし、さすがに少し足の裏が痛くなってきた。

僕たちは、一時間以上も歩いている上に、靴を履いていなかった。

「ところでさ、なんで真島くんは靴を消したんだと思う」

正確には、主に運動する際に履く靴、すなわち　　　が、消されたのだった。ほとんどの生徒が革靴を履く中、僕とキンパツは　　　を履いていた。ささやかなキャラ付けが仇《あだ》となったのだ。

「真島は嫌がらせをしたかっただけだと思うぜ。断言しても良いが、奴《やつ》は、お前にヒャッハーと言わされて、機嫌を損ねてる」

納得して頷く。真島くんは自尊心が高く、かつ短絡的だ。キンパツの言う通り嫌がらせなのだろう。僕は、溜め息をつきながら足の裏を確認した。

「あーあ、靴下に穴があいちゃったよ」

呟いた瞬間、　　　が、すなわち靴の中に履く衣料が、消えた。作中に　　　という単語が登場したのを見て、真島くんは即座に消したのだろう。

絶望を通り越して面白くなってきた。

同じことを思ったのか、キンパツが声を出して楽しげに笑い始める。僕も笑う。

「ねえ、キンパツ。真島くんは常に文章をチェックしてるのかね」

「だろうな。いまも独りぼっちで歩きながら、必死こいて、現在に至るまでの文章から消せそうな言葉を探してんだ。おいらたちの小説を一番読み込んでるのは、お前でもおいらでも、読者でもなく、粘着質な真島だ。奴はやっぱりアホだ」

　キンパツはますます笑った。

「意外と、真島くんのスキルは大したことがないのかもね。彼自身が被害を受けるものは消せなくて、嫌がらせに靴くらいしか消せない」

「ああ。しかも、小説の製作に関わる語句を消すわけにはいかないはずだ。例えば、出力、ページ、執筆、そして、加筆。奴のスキルは万能ではない」

　あまり勝利を確信したセリフを口にすると、また不吉なフラグが立ってしまう恐れがあったので、僕は何も言わずに前を向いた。

　線路の上を、二人で、裸足《はだし》で歩く。

　まだ道は半ばだ。学校に着く頃には夜になっているかもしれない。事実、すでに陽が傾きつつある。けれども僕は前向きだった。世界を救う方法はまったく思いついていないけれど、キンパツと一緒なら、なんとかなる気がしたんだ。

向水学園校歌

一、都の西南　流るる川に
足を浸して　逆らい歩む
右の頬を　打たれたならば
左の頬を　打ち返せ
つむじ風にも竹槍《たけやり》メンタル
むこうみずな人であれ
あゝ　向水　向水　向水学園

学校に着くと、校歌が大音量で流れていた。しかも、明かりが灯《とも》っている。周囲を包む薄闇《うすやみ》の中、　がないので、校舎は輝いて見える。当然ながら柱と床だけしかない建築物は内部が丸見えだ。　　があった辺りから目を凝らしてみると、教室内に生徒がいるのが見えた。全員、律儀《りちぎ》に座席に座り、勉強しているようだ。

「何が起こってるんだよ」

呟いた瞬間、校歌を背景に、真島くんの声がスピーカーから響いた。

「さあ、生徒諸君、勉学こそ学生の本分だ。休まず励みたまえ」

隣に立つキンパツが、険しい面持ちになる。

「クソ野郎が。日中のうちに何か言葉を消して生徒を帰れなくしてたのか」

おそらく、学校から帰る行為、　　が、消されたのだ。さらに、誰もが熱心に勉強し続けているということは、授業と授業の合間の　　や、授業がすべて終わった時間を指す　　も、消されているに違いない。つまり、真面目《まじめ》な生徒たちが、永遠に勉強することを強制されている。

「なんで酷《ひど》いことをするんだよ」

溜め息と共に零し、遠目から真島くんの姿を探す。すると、再び彼の声がした。

「授業をサボる裸足の生徒にはお仕置きが必要だ。いま、僕の目の前には、立派な柱がある。柱が消えたら何が起こるか、考えてみて欲しい」

典型的脅迫。学校に拘束された生徒は僕たちを脅すための人質か。さらに彼は言う。

「君が考えた通りだ。分かったなら校舎には近付かないでくれたまえ」

いまの言葉を聞いて察した。真島くんは、まだ名簿を見つけていない。ワイヤレスマイクで話しながら、校内を徘徊《はいかい》しているに違いない。つまり、すぐには柱を消せないはず。けれども、一歩屋外に出れば、彼ならば躊躇なく生徒たちを潰《つぶ》すだろう。

キンパツが苦々しく吐き捨てる。

「いよいよ理想的な悪党になりやがったな」

なんとかして無関係な生徒を逃がしたい。

焦燥を煽《あお》るかのように、ふざけた校歌が流れ続ける。

「キンパツっ」

僕は閃《ひらめ》き、キンパツに声をかけた。彼は意を察し、すぐさま言う。

「一ページ戻れ

なんとかして無関係な生徒を逃がしたい。

焦燥を煽るかのように、ふざけた校歌が流れ続ける。

けれども次の瞬間、放送はプツリと途切れ、代わりに防災システムによるアラート音が鳴り響いた。用務員さんの声がスピーカーから聞こえる。

「一階にて火災が発生しました。全校生徒は直ちに避難してください」

「キンパツっ」

僕は閃き、キンパツに声をかけた。彼は意を察し、すぐさま言う。

「みんな授業を投げ出すはずだ」

思った通り、生徒たちは慌てて避難を開始した。続々と昇降口から人が出てくる。僕とキンパツは人波に逆らって走った。学内から人がいなくなれば、もう脅しは使えやしない。のみならず、風通しの良い校舎内で真島くんを探すのが容易になる。

昇降口に駆け込む。校内には煙が充満していた。実際に火災が発生してしまったようだ。しかしながら気にしてはいられない。真島くんより先に名簿を入手して、まず僕たちの消滅を封じなければならない。裸足のまま急いで廊下に上がる。ところが、

「避難せな危ないですよっ」

馴染《なじ》みのある声が僕を呼び止めた。振り返ると、白鳥姫子さんが立っていた。思わず足を止める。止まっている場合ではないことは分かっている。けれども、放っておけない事態に気付いてしまったのだ。

「なんで、敬語なの」

呆然《ぼうぜん》と尋ねると、彼女は不思議そうに首を傾げた。

白鳥さんの、記憶が、消えているのだ。

考えてみると当然だった。過去を振り返る行為を指す、　　　、という単語が消えている。同時に類義語の、　　　といった言葉もなくなっているだろう。僕とキンパツは前のページを確認できるので、　　　が消えても然《さ》して不都合を感じていなかったけれど、能力者以外の人々にとっては記憶を失《な》くしたに等しい。

「何を言うてはるのか、よう分かりませんけど、とにかく逃げなあきませんって」

しかも他人行儀な言葉遣いから察するに、僕と白鳥さんの関係を示す、　　　や、　　　といった言葉も消されたと思われる。僕たちは赤の他人になったのだ。

喪失感が心を埋める。いま目の前で怪《け》訝《げん》な顔をする彼女の頭の中には、僕はもういない。僕を待ち伏せした日々も、泣き顔を傘で隠した午後も、決闘を止めに河原まで来た休日も、喫茶店で喧嘩《けんか》した夜も、全部、全部だ、全部、彼女は忘れてしまった。物語の結末は分からない。僕たちが勝てるのかも不明だ。いずれにしても、今後の僕と彼女の人生は、交わることはなくなった。

でも、何かを残したい。

かつて僕たちは幼い頃からの親しい関係だったという記録を、刻みたい。いまの気持ちは何に由来するのだろう。感謝。贖罪《しょくざい》。もしくは、点々々。分からないけれど、とにかく、僕は、白鳥さんに一つのものを捧《ささ》げることにした。

「君は、長い黒髪が、とても似合うね」

言い切ったとき、目の前で輝きを伴いながら美しい黒髪が揺れた。

白鳥さんには、美少女という記号が備わっているけれど、髪型についての設定がなかった。ただし、僕の言葉によって、彼女は髪を揺らせるようになったのだ。二人が赤の他人になろうとも、彼女は今後、僕が捧げた髪と共に生きる。

白鳥さんは、頬を赤らめた。

「お、おおきに。髪、褒められたん初めてです。にいさんも癖毛がよう似合《にお》うてはりますよ。って、言うてる場合ちゃいますね。はよ逃げな」

不安そうな眼差しを向ける彼女に、僕は、言い聞かせるように言葉を紡《つむ》ぐ。

「僕にはやらなければならないことがあるんだ。だから、姫ちゃんは、先に逃げてて」

戸惑いながらも白鳥さんは頷き、名残惜しそうに僕を見ながら屋外へ向かった。

僕は前へ向き直って再び走り始めた。並走するキンパツが言う。

「青春だねぇ。良い輝きだ」

「ちゃ、茶化すなよ」

「茶化してねえよ。青春ドラマに戻れるよう祈ってんだ」

まずは放送室に向かう。なぜなら、真島くんの戦略が読めたからだ。彼にしてみれば僕たちと対峙《たいじ》したくないはずだ。しかしながら、作中に名簿の名前を登場させるためには、僕の耳に声を届けなければならない。だからこそ校内放送を利用している。

放送室は一階にある。僕が一階にあると信じたからだ。

走っている最中、遠くから声が聞こえた。

「おで、学園のナカマ、助ける」

「麻呂《まろ》を救ってくださるとは、かたじけないでおじゃる」

ちらと見ると、腰を抜かしたと思われる丸山くんを、郷田くんと取り巻きたちが抱えて運んでいた。加えて、余裕そうに歩く神野さんの姿もある。

三階の生徒が逃げおおせているのだ。まもなく避難は完了するだろう。

僕たちは引き続き走った。そして、放送室に到着すると同時に、すべての放送機器を椅子で殴って破壊した。用務員さんのアナウンスもアラート音も停止する。パチパチと爆《は》ぜる炎の音が鮮明になる。思いのほか火の回りは早い。

急いで再び走り出す。次に目指すのは職員室だ。職員室は放送室の近くにある。　があった位置など気にせず、適当なところから室内に入る。

目的とするものはすぐに見つかった。

「間に合った。キンパツ、名簿は以前と同じ場所に置かれたままだったよ」

声をかけると、別の棚を調べていたキンパツは振り返った。

「写真付きの個人調査票も置かれたままだった」

「真島くんが名簿を入手したがるっていう推理自体が間違ってたのかな」

「いいや、名簿に用がなかったら学校には来ねえだろ」

かといって、名簿の内容を別の媒体に写してから丁寧に元の場所に戻したとも思えない。何かを失念している気がする。僕は頭の中でいまに至るまでの文章を確認した。

キンパツと目が合う。キンパツと声を揃《そろ》える。

「出席簿だっ」

出席簿は教卓の上に置かれたままだ。

僕とキンパツは階段を駆け上がり、二学年の教室がある三階を目指した。

いよいよ煙の量が凄《すさ》まじいことになってきた。風通しが良いために炎の勢いが強いのだ。蛍光灯が、ジジジッと音を鳴らし、光が揺らぐ。おそらく下層階にある配電盤が燃えつつあるのだろう。急がなくてはならない。二手に分かれて教室を探る。

僕はA組の教室に入り、教卓の書類の束を漁《あさ》った。

「ない。ない。ない。ない。クソッ」

顔を上げると、　　がないので隣の教室にいるキンパツの姿が見えた。彼は僕のほうを向き、疲れた顔で首を横に振った。気の利《き》く生徒が片付けたわけでは決してない。念のために他の教室も見てみたところ、CからEの教室には出席簿があった。

失われたのは、僕が所属するA組とキンパツが所属するB組の出席簿だけ。間に合わなかった。けれども捜索を中断するわけにはいかない。真島くんを捕まえるには、いまが絶好の好機なのだ。柱も床も消されていない。つまり、まだ彼は校舎内にいる可能性が高い。出席簿の内容を見られる前に取り返すべきだ。

「真島くんが行きそうな場所を探さないと」

髪を搔《か》き乱しながら呟く。すると、キンパツがわざとらしく唸《うな》った。

「うーん、真島が行くとしたら、すでに作中に登場した場所だ。登場していない場所は存在自体が曖昧で物語のクライマックスには不適だ。昇降口、廊下、階段、放送室、職員室、購買、二年の教室、いずれかだと思うんだよなぁ」

彼の言葉を聞いて思う。

「僕に花を持たせるために、わざと一ヶ所、言わなかっただろ」

「分かってんなら、さっさと答えを言えよ」

僕は大きく息を吸い、声を張る。

「真島くんは、屋上にいる」

キンパツは口角を引き上げ、何も言わずに走り出した。僕も彼の隣を走る。そして再び階段を駆け上がり、屋上の出入口を通過したとき、見えた。

階下の炎によって周囲の景色は仄《ほの》かに明るい。橙色《だいだいいろ》の光を背景に、切り絵のような人影が、真っ直ぐ立っていた。屋上の端で、真島くんが校庭を見下ろしていたのだ。

キンパツが大きな声を発する。

「真島、会いたかったぜ」

真島くんは、面倒臭そうに、ゆっくりと振り返った。

「僕は会いたくなかったけどね」

何かが破裂したのか、倒壊したのか、下から大きな音が聞こえた。時間はあまり残されていない。少なくとも会話をしている余裕はない。ところが、

「真島、お前はやっぱりアホだな。逃げ場のない屋上に逃げるなんてアホ以外の何者でもない。一階の火事が怖くて怖くて、思わず上に来ちまったのか」

わざわざキンパツが真島くんを煽った。

キンパツの発言を制しようとしたけれど、先に真島くんが口を開く。

「侮《あなど》らないでくれたまえ。火災、消えろ」

辺りを照らす炎も、立ち昇る煙も、一瞬にして消える。

「助かったぜ。後先考えずに火を点《つ》けちまって困ってたんだ」

「後先考えない君たちのほうこそ、アホウ、以外の何者でもないと思うね」

「いやぁ、一本取られちまったなぁ」

キンパツは、悔しがるどころか、皮肉な笑みを浮かべている。

炎が消えたことにより、月明かりと、遠い街灯だけが、光源となった。次第に目が慣れてきて、真島くんの姿がはっきりと見える。彼の手には二冊の出席簿があった。明らかに追い込まれている状況で、僕たちの名前を言おうとしないということは、まだ真島くんは出席簿の中身を見ていない。

僕は彼に対する非難の気持ちを抑え、できるだけ冷静に、告げる。

「手荒な真似《まね》はしたくない。出席簿を渡してくれないか」

けれども、彼は嘲《あざけ》るように笑う。

「おめでたいな。勝ったつもりでいるのか」

キンパツが僕の肩を押すように叩く。やるしかない、という意味だろう。

力強く頷き、真島くんに向けて走り始める。瞬間、

「追跡、消えろ」

と、真島くんは叫んだ。

足が止まる。すぐさまキンパツが言う。

「一ページ戻れ」


力強く頷き、真島くんに向けて走り始める。瞬間、

「追跡、消えろ」

と、僕は叫び、間髪いれずに続く言葉を口にする。

「なんて言わせるわけないだろ」

「ヒ、ヒィーッ。ち、ちくしょうー」

と、真島くんは叫んだ。

足が止まる。すぐさまキンパツが言う。

「相棒、お前の煽りスキル、高過ぎるだろ」

「煽ってるつもりなんてないよ」

とにかく、力尽くでも出席簿を奪わなければならない。

僕は再び走った。キンパツも走る。真島くんに逃げ道はない。

ところが真島くんは笑った。そして、屋上の端から校庭に向け、飛び降りた。

自害したのか。いや、あらかじめ何か言葉を消していて飛び降りても平気な状態なのだろう。頭の中をいままでの文章が駆け巡る。分かった。彼の消した言葉は、　　。すなわち物体が衝突した際などに発生する強い力。今後、転落死は起こり得ない。

僕とキンパツも、屋上の端から、跳ぶ。

真島くんは、すでに校庭に降り立ち、こちらを睨《にら》んでいた。彼は言う。

「着地、消えろ」

僕たちの身体《からだ》は落下を続けた。屋上から地面まではせいぜい二十メートル程度しかないはずなのに、風を切り、景色が流れる、という感覚が一向に終わらない。

キンパツが叫ぶ。

「一ページ戻れ

ところが真島くんは笑った。そして、屋上の端から校庭に向け、飛び降りた。

自害したのか。いや、あらかじめ何か言葉を消していて飛び降りても平気な状態なのだろう。頭の中をいままでの文章が駆け巡る。分かった。彼の消した言葉は、　　。すなわち物体が衝突した際などに発生する強い力。今後、転落死は起こり得ない。

僕とキンパツも、屋上の端から、跳ぶ。

真島くんは、すでに校庭に降り立ち、こちらを睨んでいた。彼は言う。

「ヒィーンッ。落ちるの怖かったー」

確かに落下はとても怖い。熟慮せずに跳んでしまったけれど、本当に大丈夫なのだろうか。着地した瞬間に全身が砕けてしまうかもしれない。恐怖のあまり僕は呟く。

「着地、消えろ」

僕たちの身体は落下を続けた。屋上から地面まではせいぜい二十メートル程度しかないはずなのに、風を切り、景色が流れる、という感覚が一向に終わらない。

キンパツが叫ぶ。

「地震の後にいつまでも揺れてる感じがするのと同じだ。相棒、足元を見てみろ」

言われた通り下を向く。僕は校庭の砂利の上に立っていた。

気持ちを切り替え、周囲を見回す。真島くんの姿が見つからない。

校庭には避難を終えた生徒たちがいた。校舎は焼けただれ、もはや使い物にならない状態だ。かといって、という言葉が消されているので、帰ることもできない。誰もが皆、立ち尽くしている。ただし、帰れないのは真島くんも同じだ。世界中、一人の例外もなく、学校の敷地に入ったら最後、もう帰れないのだ。課外授業と称して脱する方法はあるけれど、僕たちのスキルならばともかく、彼のスキルで特別な授業を捏造《ねつぞう》することなど無理だろう。真島くんは人混みに紛れているはずだ。

僕とキンパツは、生徒たちを掻き分けて真島くんを探した。けれども、なかなか見つからない。加筆スキル発動のために離れて行動するわけにもいかず、効率の悪い探し方しかできないからだ。しかも、真島くんは外見がないので、生徒会長らしい堂々とした振る舞いをして貰《もら》わないと、ほとんど他の生徒たちと見分けがつかない。

「人が多いんじゃ探せない」

僕が言うと、キンパツは口角を引き上げた。

「一ページ戻れ

僕とキンパツは、生徒たちを掻き分けて真島くんを探した。けれども、なかなか見つからない。加筆スキル発動のために離れて行動するわけにもいかず、効率の悪い探し方しかできないからだ。しかも、真島くんは外見がないので、生徒会長らしい堂々とした振る舞いをして貰わないと、ほとんど他の生徒たちと見分けがつかない。

諦《あきら》めかけたとき、怪しい人影が視界を掠めた。僕とキンパツは頷き合い、走った。

三十分後、真島くんを再び屋上に追い詰めることに成功した。

「人が多いんじゃ探せない」

僕が言うと、キンパツは口角を引き上げた。

「しかし、屋上なら探す必要もない」

「真島くん、屋上に逃げ込んだのは失敗だったね」

真島くんは全身を打ち震わせた。

「貴様ら、人を愚弄《ぐろう》するのも、いい加減にしろよっ」

いままで追い込まれた状況になろうとも口調を乱すことのなかった彼が、ついに余裕がなくなって怒鳴り声をあげた。僕は落ち着いた声音で言い返す。

「愚弄してる気はないよ。君が打つ手を間違っただけだ」

キンパツが僕の言葉の解説をする。

「お前がスキルを使い続けた場合、おいらたちは消滅した言葉の復活にリソースを割かなければならなくなり、大したことはできなかった」

僕は補足する。

「君は、静かに隠れる、という行動を選んではいけなかった」

キンパツが再び口を開く。

「いまみたいに文章を重ねて、加筆できるスペースを作りさえすれば」

僕は続きを引き取る。

「僕たちのスキルは、なんでもできるようになる」

キンパツは、冷たい笑みを湛《たた》えた。

「真島、終わりだ。お前が勝てる見込みは一ミリもない」

いまの状況ならば、加筆スキルを使って真島くんを捕縛したことにしても、不自然な文章にはならないだろう。もはや適当な箇所に空行を加えるだけ。場面転換後には、真島くんは喋《しゃべ》れない状態で縛り上げられている。終わりだ。同時に始まりでもある。いまから世界を元に戻すための物語が幕を開く。

さすがに観念したのか、真島くんは静かに微笑んだ。

「僕が勝てる見込みは一ミリもないか。確かにね。一ミリなんてないだろうね」

そして、さらに彼は穏やかに言う。

「数字、消えろ。さて君たちに質問だ。僕が勝てる見込みは何ミリだい」

全身に鳥肌が立つ。消されてはならないものが消された。

キンパツが咄嗟《とっさ》に走り出す。しかしながら、彼の手は真島くんに届かなかった。

「追跡、消えろ」

キンパツは中途半端な位置で立ち止まった。もう　度と、真島くんを追うことはできない。加筆スキルを使えなくなったのだ。ページ戻しの発動に必要な言葉、　を、消されてしまった。僕はキンパツが立つ場所に近付いた。真島くんまで　メートルほどの位置だ。さらにもう　歩進もうとすると、足が動かなくなる。ただし、距離の問題ではない。目的の問題だ。追うという行為が禁止なのだ。

何か別の解釈でもって彼に近付く方法はないだろうか。

考え込んでいると、真島くんが次々と言葉を消していった。

「捕縛、消えろ」

「確保、消えろ」

「接触、消えろ」

もう僕たちは何もできない。詰みだ。

彼自身が被害を受けるものは消せないという認識は甘かった。量や長さや時間を計測する際に必要な　がなくなれば、日常生活さえままならないだろう。事実、↑を見ると、いまが何ページなのかさえ分からなくなっている。文明の崩壊は加速する。

初めから、世界のすべてを消そうとしている人は、無敵だったのだ。

近付くことができなくなった僕たちの姿を認め、真島くんは、見せびらかすように緩慢に出席簿を開く。まずは、キンパツの所属するＢ組の出席簿だ。

とはいえ、　ある名前の中からキンパツの本名を見つけるには時間が掛かるはず。

「と思っているようだが、残念ながら、すぐ金髪生徒の本名は分かった」

真島くんは僕の思考を否定し、続けて、キンパツのことを見つめる。

「金髪生徒、君の本名は見つけやすかった。考えてみると、君の外見で漢字の名前は不自然だったよ。ねえ、アンドリューフォリナくん」

キンパツことアンドリューは、口元を歪《ゆが》めた。

アンドリューは、今年の春にイギリスから転校してきたばかりの生徒だった。流暢《りゅうちょう》に日本語を話すので失念することもあったけれど、彼の見た目は、金色の髪も含め、明らかに西洋人だった。

「相棒、悪い、おいらはもう消される」

弱々しく呟き、アンドリューは空を見上げた。そして、やれることはやり切ったという満足感によるものだろうか、嬉《うれ》しそうに微笑んだ。

彼は言っていた。ヤバいときには目を瞑《つぶ》れ。

僕は固く目を閉じた。けれども、触れることが封じられているいま、手を引く者などいるはずがない。分かっている。分かってはいるけれど、アンドリューが消されてしまう現実を受け入れたくない。

「相棒、目を開けろ」

重みのある声が耳に届く。僕は大きく首を横に振る。

「嫌だ。僕は何も見たくない」

「開けろよっ」

強い言葉。僕は、彼の言葉に気圧《けお》され、恐るおそる目を開けることにした。

アンドリューは笑いながら両手を広げていた。

「相棒。おいらは消える。消える瞬間は最高の見せ場だ。おいらの物語のクライマックスを、しっかり見届けてくれ」

唇が震えて何も言葉を返せない。アンドリューはますます笑う。

「悲しむなよ。お前とおいらの頭上には、常に勝利の文字が輝いている。おいらの見立てによれば、お前は絶対に勝つ。絶対にだ。確定的にだ。だから、すべてをお前に任せて、気前よく消えることができるぜ」

僕は彼の目を見つめたまま、小さく頷いた。

アンドリューも頷く。

「なあ、最後に言うことがあるだろ、相棒」

「うん。任せておけよ、最高の相棒」

僕が言ったとき、無情な声が響いた。

「アンドリューフォリナ、消えろ」

キンパツの姿は瞬時に消滅した。彼が立っていた場所を見下ろし、僕は囁《ささや》く。

「いつも言い方が回りくどいんだよなぁ」

感傷に浸る間もなく、真島くんが声をかけてくる。

「さあ、茶番は済んだかい」

僕は彼のほうへ向き直った。

「待っててくれたなんて意外と優しいんだね」

「焦《あせ》る必要がないからね。せめてもの餞《はなむけ》さ」

真島くんは、緩やかな手付きで、次の出席簿を開こうとしている。

僕は彼のことをじっと睨んだ。

「真島くん、君は、僕のことを消せやしないよ」

彼は声を出して笑った。

「名前が設定されていないからと言うつもりならば無駄なことだ。僕が適当な名前を読み上げた瞬間、君の名前が設定されるのだからね」

「いや、最初から、ちゃんと僕の名前は設定されてるよ」

「稚拙なブラフだな。いずれにしろ、出席簿を開けば君も強がりを言えなくなる」

彼はA組の出席簿を開いた。そして手を震わせた。僕は、言い放つ。

「分かっただろ。僕の名前は、イデアだ」

けれども真島くんは挑む姿勢を緩めなかった。

「僕が、君を消すことを、躊躇するとでも思ったか。僕はやれる。僕は生徒会長で、ミステリー史上最大級の大量殺人犯だぞ」

彼の自宅で彼の主張を聞いたときにも感じた違和感を覚える。真島くんは嘘《うそ》をついている。隠し事をしている。おそらく、彼は。

「真島くんが、イデアのみの天上の世界を蘇《よみがえ》らせると言い張るなら、僕は消せないはずだろ。もしかして、蘇らせる気はないのかよ。まさかねぇ」

自分なりに懸命に、煽るように言った。彼は慌《あわ》てて首を横に振った。

「いいや、僕は天上の世界を蘇らせる」

「蘇らせるなら、大層な思想が本心だと言うなら、イデアは消せないはずだ」

真島くんは悔しそうに黙り込んだ。僕はさらに畳み掛ける。

「君は、設定や役割を、偽物《にせもの》と断じて否定した。にもかかわらず、自分の肩書きに異様にプライドを持ってる。しまいには、設定に従ってなかったという理由で、学校の職員を消してる。君は、大層な思想を振りかざしてるけど、実は嘘なんだろ。動機は他にある。真島くん、君は、脇役《わきやく》が嫌だっただけだ」

「適当なことをよく喋るな。今頃になって主人公気取りか」

「適当なこと、なんて言ってないよ。もっと根拠がある。わけあって、いま、現在に至るまでの文章を再確認したんだ。そして分かった。君の正体がね」

「だ、黙れ」

「黙らないよ。クライマックスで主人公が黙るわけないだろ。誰かが言ってたよ。無駄に文字がかさむから、余計なことは言うなって」

圧を掛け、彼が静かになったことを認めてから、再び語りだす。

「真島くん、君には、外見がない。だから登場人物欄の紹介文にも外見に関することが書かれてない。と、僕は思い込んでた。でも実は因果が逆だ。僕たちの小説は冒頭から順に文章が出力されてる。つまり、物語が始まるよりも先に登場人物欄は完成してたんだ。そして、紹介文に合わせて配役が行なわれた。例えば、姫ちゃん、あ、白鳥姫子さんは、白鳥さんが美少女だから美少女と紹介されたわけじゃない。美少女だから白鳥姫子になったんだ。じゃあ、真島くんは、なんで真島実直になったの」

「僕は、生徒会長だ」

「いまはね。いまは確かに生徒会長だ。でも元々は違った。君は、君の自宅で、存在しないソファがあるかのように振る舞い、僕の認識を歪めて世界の改変をしようとしたよね。実は、すでに、同じことを序盤でも行なってたんだ。登場人物欄の真島実直の紹介文には、外見に関することが書かれてない。ようするに、口さえ立てば、誰でも真島実直になることが可能だった。メタ認知能力を得た君は、真島実直の紹介文を見て、自分が生徒会長になってしまおうと考えた。最初の章、君が教室に登場した際、まず口にしたセリフは、生徒会長である僕、だ」

「僕は、僕は、生徒会長なんだっ」

「いまはね。でも、本来は、君は名もなき脇役だった」

真島くんは、歯を食いしばり、何も言わずに僕を睨む。僕は話を続ける。

「脇役であることにコンプレックスを持ってた君は、生徒会長という身分を得ただけでは飽き足らず、より主要な人物になろうとした。そして、ミステリー史上類を見ない劇場型大量殺人を実行したんだ。君は、設定や役割が嫌いどころか、むしろ大好きなんだろ。イデアのみの、天上の世界なんて本当は求めてないだろ」

「ち、違う。僕は天上を目指している」

「違うと言うなら好都合だ。イデアを求めてるなら、僕を消せないんだからね」

真島くんは大袈裟《おおげさ》な身振りと共に叫んだ。

「侮るな。存在を消さずとも始末する方法はある。学習しろよっ」

「仮に床が消えたとしても、君が言葉を消してしまったことで、僕たちの世界で転落死は起こり得ない。というより、事故全般、いまは起こすのがとても難しい」

「殺すとは言っていない。永遠に落下させれば終わりだ」

「終わらないよ」

言い切ると、真島くんは眉《まゆ》をひそめた。きっと仕掛けに気付いていない。

地の文を読んだと思われる彼は、小さな声で疑問を口にする。

「仕掛け。仕掛けだと」

僕は深く息を吸い、説明することにした。

「僕のスキルは、過去のページに文章を書き加えられるものだ」

「知っているさ。しかし、君のスキルは金髪生徒がいなければ役に立たない」

「僕も役に立たないと思ってた。でも、違った。ページ戻しを利用しないと加筆ができないと考えた理由は、出力済みの文章レイアウトを改変することが不可能だからだ。つまり改変しなければ良い。世界観を尊重し、前後の文脈を活《い》かした、短い文章、以上のルールを守れば、白紙のページに加筆できる。いや、加筆できた」

「そ、な、馬鹿《ばか》な」

「指示語が使えないことを忘れたの」

「僕は騙《だま》されない。物語中に白紙のページはない」

誰よりも文章を読み込んできた真島くんらしいセリフだ。

「信じられないなら、頭の中で確認してみなよ。最初の章より前のページをさ」

静寂。真島くんは脳内でページを捲《めく》っているのだろう。

やがて、彼は目を見開いた。確認を終えたのだと察した僕は、告げる。

「僕は、小説の冒頭に、モノローグを書き加えた。高校生の頃の、失われた日々を取り戻した物語だ、ってね。書き加えられたことによって、僕たちがいま暮らす世界は、過去の出来事になった。ハッピーエンドは確定したんだよ」

しかしながら真島くんは食い下がる。

「過去を振り返る行為を指す言葉は消したはずだ」

「短絡的思考ではなくて、もっと考えてくれよ。失われたものを取り戻したということは、未来の僕は何も言葉をなくしてない。好きなように過去を振り返れるし、好きなように文章を出力することもできる」

「確定した未来など、シナリオなど、あってたまるか。僕は認めない」

真島くんは酷く狼狽《うろた》え、虚《うつ》ろな目で、独り言を口にし始めた。

「僕、僕は、絶対に手首だけになんかなりたくない。個性がないだけで、なぜ、ぞんざいな扱いを受けなければならないんだ。シナリオが良くない。創作物は悪だ。僕は、小説の向こう側に行きたい。お前だ、お前だよ、本を読んでいるお前だ、お前のように現実に生きる本物の人間になりたいんだ。偽物は消えてしまえ」

　悲しみが僕の心のうちを占める。彼は憐《あわ》れだ。

「真島くん、君が仮に、小説の外側の、現実の世界に行けたとしても、きっと君は、いまと同じことを考えるよ。本物や本質なんて存在しないんだ。すべては無価値だ」

「ならば消すだけだ」

　僕は静かに首を横に振る。

「僕も、やっと気付いたんだ。失いたくない人たちがいるって。すべてが無価値の世界に何も持たずに僕たちは生まれた。でも、日々を過ごすうちに大切なものができた。主観によって価値が生じたんだ。価値の創造。価値の創造こそ理想的な生き方だ」

「嘘だ。価値など生じはしない。僕の周りには偽物しかない」

「偽物に囲まれてるのは君が偽物だと思ってるからだ。主観だ。君には申し訳ないことをしたと思ってる。僕はさっき配役という言葉を使ったよね。配役をしたのは、たぶん僕の認識だ。彼や彼女が主要人物になったのは、きっと、僕が望んで。あ、話が逸《そ》れちゃったね。とにかく、僕のせいで、僕の小説は脇役のいる世界になった」

「君の小説。君のためのシナリオ。すべて否定してやる」

「シナリオからの脱却が目的ならエンディングを迎えれば良いだけだ。最後のページが閉じられたとき、登場人物たちは完全な自由を得る。僕たちの戦いはこれからだって感じにね。自由の先で、君は君の物語を創《つく》れば良い。理想を追えば良い」

「詭弁《きべん》だな。大量殺人犯となった僕が自由を得られると思うか」

「大丈夫なはずだ。僕は冒頭のモノローグに書いた。僕たちが光り輝く日々を取り戻すってね。僕たちという言葉には真島くんも含まれてるよ」

訴えても、彼は頑《かたく》なに拒絶の意思を示すように身体ごと大きく首を横に振った。

「甘んじれば、君のシナリオに従ったことになる。僕は抗《あらが》う」

「僕も僕の理想を壊されるわけにはいかない」

真島くんは深呼吸をした。

「ならば、能力のぶつけ合いだ」

そして、右腕を伸ばし、手のひらを僕に向けた。力んでいるのか、彼は全身を震わせている。特殊な動作でスキルの性能が向上するなんて設定はない。力んでも結果は変わることはない。彼のポーズは、祈りだ。無垢《むく》な祈りだ。

真島くんは言う。

「僕は、すべてを、消す」

僕はポケットに両手を入れて斜に構える。

「消せやしないさ」

睨み合う。

睨み合いの果てに、声が響く。

「世界、消えろ」

これは僕が高校生の頃の物語だ。あの頃の僕たちは、現実に抗わなければ自分らしく生きられないと思い込んでいて、呆れるほど失敗を繰り返した。これは、そんな僕たちの、失われた平穏な日々を、光り輝く平穏な日々を、取り戻すまでの記録だ。

この物語の題名は――。

イデアの再臨

白。これは白。

白い。辺りは白い。

白いページ。ここは白いページ、だった。

次々と文字が降り注ぎ、白いページが文章で埋められていく。あれは空だ。あれは大地だ。あれは川だ。あれは太陽だ。地面が平坦に整えられていき、いくつもの建築物が建ち上がる。住宅街。向水市だろう。僕を受け入れるための世界が構築されていく。

僕は、再び降臨する。なぜなら、僕の名前が、イデア、だからだ。

イデアの再臨――。

たとえ物語の本文が消え去ろうとも、この題名がある限り、僕は何度でも蘇《よみがえ》る。何度でも世界に降臨する。これは、本が開かれるよりも前に確定していたことだ。

しかも、常に運命を明らかにしておくため、↑にも、題名は輝いている。

まだ陽が昇ったばかりだけれど、すでに人々が動き始めている。僕はまだ眠っている時間だ。もうすぐ窓から強い陽射《ひざ》しが射し込むことになる。

行こう。物語の始まりへ――。

東側の窓から射し込む陽射しを、僕は見つめた。ベッドから上体を起こし、窓に触れてみる。間違いなくガラスが嵌《は》められている。

僕は急いで立ち上がって、スリッパを履き、一階へ向かった。

階段の下で母と会った。母はフライパンを叩《たた》こうとするところだった。

「あら、自分で起きるなんて珍しいわね。さすがは高校二年生ね」

「叩かれたくなかっただけだよ」

ダイニングに入り、さっそく席に着く。テーブルの上には、トーストとベーコンエッグ、ハーブミックスのサラダが置かれていた。軽く一礼して食事を始める。凄《すご》い。味がある。当たり前のことだけれど感動した。

キッチンでエプロンを装着した母が、世間話を振ってくる。

「さっきね、庭でお父さんの吸い殻を片付けてたら、お隣の姫子ちゃんが塀の向こうから顔を出して挨拶《あいさつ》してきたの。聞いたら、もう学校に行くって言ってたのよ」

「ああ、彼女は任意参加の早朝講習に参加してるんだよ。僕も来週の月曜日から参加するからさ、早くにお弁当を用意して貰《もら》っても良い？　ごめんね」

「もちろん早く作るわよ。あんたも立派になったわねぇ。お母さんの育て方が良かったのね。どんなに早くても作っちゃうわよ。三日前には作っちゃう」

「三日前って、湿度も気温も高いし、腐るだろ……」

母は、いつも通り元気に喋《しゃべ》り続けた。

食事を終えた僕は、速やかに自室に戻り、制服に着替えることにした。

ズボンを履く。半袖《はんそで》のシャツを着る。それから、ふと思い立ち、普段よりも丁寧に臙《えん》脂《じ》色《いろ》のネクタイを締める。まだ八時前だ。早めに学校に着けそうだ。

いまは六月の下旬。つまり梅雨だ。進行方向には分厚い雨雲が浮かんでいた。天気予報によれば、午後から雨が降るらしい。けれども、あえて傘は持ってこなかった。きっと傘に入れてくれる人がいるに違いない。そう思ったからだ。

通学路の両脇《りょうわき》に並ぶ家屋には、門がある、扉がある、塀がある、垣根もある。当然ながら、目的地である私立向水学園高等学校にも、門、すなわち校門があった。

あと十メートル。あと五メートル。頭の中で校門までの距離をカウントする。

そして、門を通り、昇降口へ向かう。

昇降口の壁には「冷房中、開放厳禁」と書かれたポスターが貼《は》られていた。僕は、すぐ近くにいた生徒に、声をかけることにした。

「あの、このポスターの開放厳禁って、何を開放したらいけないんだと思う？」

「さあ……ズボンの、チャック？」

「そんなわけないだろ」

「そうだね。そんなわけないよね」

近くにいた生徒は微笑《ほほえ》んだ。

僕も、微笑む。そして尋ねる。

「ところでさ、まだスキルは使えるの？　真島くん」

目の前の生徒、真島実直くんは、凜々《りり》しい顔を引き締めた。

「試していないから断定はできないが、おそらく使えるだろうね。しかし使う気はないよ。僕の完敗だ。何をしても他人の世界を侵害することはできない。認めるよ」

穏やかで魅力的な声音だ。聞き入っていると、彼はさらに言葉を続けた。

「いいや、一つだけ最後に消したいものがあったな」

嫌な予感がして身構える。

「な、何を、消すつもりなの？」

「それは……メタ認知能力」

僕は少し考えてから、笑顔で返事する。

「うん。それが良いかもね」

「といっても、消すのは、いまの物語が終わって完全な自由を得てからだ」

彼は、ちゃんとエンディングを迎えられるよう、気を遣ってくれているのだろう。

「なんか、ありがとう……」

「礼にはおよばないさ。理想を守るのは僕の新たな仕事だからね」

「えっとさ、真島くんは、もう生徒会長にはならないの？」

「それなんだけどね、君に真島実直と認識されてしまったので、設定上、また生徒会長をやらなければならない。まったく。いい迷惑だよ」

　真島くんは穏やかに笑った。悪い気はしていないようだ。

「じゃあ、あとで教室で会える？」

「さすがにもう巡回をするつもりはないよ。しかし、学友として今後も付き合って欲しい。僕の物語に登場してくれ。さあ、先へ進みたまえ」

　僕は頷《うなず》き、上履きに履き替え、階段を上った。

　三階の二年A組の前で立ち止まる。入口にある引き戸をカラカラと開ける。少しタイミングが早かっただろうか。誰も声をかけてこない。

　僕は周囲を見回した。すると、廊下の曲がり角に立っている、白鳥姫子さんと、目が合った。彼女は近付いてきた。

「デ、デアくん、おはよう。今日はいつもより少し登校時間が早いんだね」

　彼女は、不自然なほどモジモジとしていた。

「うん。たまには早く来ようと思って。で、なんでモジモジしてるの？」

「変な夢を見ちゃった。夢の中で、わたしのことをデアくんが、姫ちゃん、って呼んでたの。最近はさ、デアくんはわたしのこと他人行儀な呼び方で呼んでるのにね」

彼女は後ろに両腕を回して小石を蹴《け》るように片足を振った。

僕が何か言葉を返そうと緊張していると、鼻にかかる声が聞こえてきた。

「私の計算によれば、入口でイチャつかれると、邪魔であります」

丸山秀夫くんだ。丸山くんは、僕と彼女の間を通り、教室に入っていった。

静かな間。僕と彼女は見つめ合い、吹き出すように笑う。

僕は彼女の手を取って言葉を紡《つむ》いだ。

「入口に立ってると邪魔になるから早く教室に入ろうよ、姫ちゃん」

「え？　わ、わたし、子供じゃないんだから、一人で教室くらい入れるよ」

そう言いながらも姫ちゃんは僕の手を握り返す。

教室内はいつも通り賑《にぎ》やかだった。ゴシップやオカルトの話題で盛り上がっている人たちがいる。それらの話題に首を突っ込めば、壮大な物語が始まるだろう。でも、それは、いまの物語とは別件だ。

姫ちゃんは自分の席へ向かった。そして僕も。

僕の席には不良っぽい生徒たちがたむろしていた。一人は机の上に座っている。机に座る生徒、郷田力也くんは、僕が何か言うよりも先に怒鳴り声をあげた。

「てめえ、白鳥と手を繋いでたよな！」

やはり見られていた。彼女は学園のアイドルで、親しくしていると面倒事に巻き込まれる。とはいえ、自由を侵害される謂《いわ》れはない。

「べ、別に良いだろ。手を引くくらい」

「あ？　俺に文句でもあんのか？」

「文句？　文句ならあるよ。僕と彼女のことは放っておいてくれ」

言い返すと、郷田くんは立ち上がって、僕の肩に手を置いた。

「なかなか言うじゃねえか。てめえと俺は、今日からライバルだ。負けねえぞ」

そう言って、彼は額の横で二本の指を振り、去っていった。三人いる彼の取り巻きたちが慌ててあとを追い掛ける。

大した騒ぎにならなくて良かった。そう思って自席に着く。僕の後ろの席には神野ひかりさんが座っている。彼女はいつものように静かに本を読んでいた。読書の邪魔をしてはいけないかな、と思ったけれど、やはり気になることがある。

「か、神野さん、聞いても良い？　哲人思想が好きなの？」

尋ねると、彼女は嬉しそうに顔を上げた。

「あら、哲学に興味あるのかしら。本を貸してあげましょうか」

そして、数冊の本を掲げた。中期プラトンの本だ。

「あ、いや、その本なら読んだことあるよ」

「それなら読んでいる最中の本を読み終えたら貸してあげるわ」

「ちなみに何を読んでるの？」

「ニーチェ。無価値な世界で人はどう生きるべきか。わたしは考え始めているわ」

どうやら神野さんは、読んだ本に感化されやすい性格のようだ。気になることの答えが分かり、僕は一人納得して何度も頷いた。

そのとき、ガラガラピッシャーンと、音を立てて入口の引き戸が開いた。入口には金色の髪をした生徒が立っていた。アンドリューだ。アンドリューは周囲の生徒に「お邪魔します」と挨拶しながら教室に入ってきた。

僕は急いで彼に駆け寄った。

「そろそろ現れるんじゃないかなって思ってたんだ」

「当たり前だろ、相棒」

スマートフォンのディスプレイを確認する。始業まで少しだけ時間がある。

「あのさ、どこかで話をしないか。そうだな、屋上とか」

「屋上は施錠《せじょう》されてるだろ」

「あ、じゃあ、すぐそこで済まそう」

僕とアンドリューは廊下に出て、壁に寄りかかった。

僕は考えを巡らせる。誘ったは良いけれど、何を言うべきかが思い付かなかったからだ。とりあえず、いまの状況について話を振ってみる。

「そろそろアンドリューが現れるシーンになるとは思ってたけど、まさか朝の時間帯とは思わなかったよ。始業のチャイムまで、あんまり時間がない」

アンドリューが片側の口角を引き上げる。

「俺の見立てでは、始業のチャイムが鳴ったとき、物語は幕を閉じる」

「そうだ。見立てといえば、対決のとき助言をくれて、ありがと」

「勝ったな」

「まあね」

「お前が摑《つか》んだ勝利だ。俺はバディものの相棒役だ。ただし、最高の相棒だけどな」

彼はお道化《どけ》るように笑った。僕は、何も返事をせず、笑顔のみで応じる。

アンドリューは、さらに言う。

「それで、お前の答えは見つかったか？」

「どうなんだろうね。あっちへ行ったら、また、ゆっくり考えるよ」

僕は、←を指差した。

アンドリューは、僕が指差す方向を感慨深く見つめた。

「もうすぐ終わりそうだな」

「うん。僕にとっては価値のある物語だった」

「理想の物語として、美しい締め括《くく》りを頼むぜ、相棒」

そうアンドリューは言うけれど、この小説は理想を求める物語であって、この小説自体が理想形というわけではない。だから最後が、美しい締め括りや、余韻を持たせる一文である必要はないのだ。それこそ、中途半端《はんぱ》に投げ出すのもありだろう。いや、むしろ投げ出してしまったほうが、この小説らしいかもしれない。

始業のチャイムが鳴る。

心の声を出力する。

僕たちの戦いはこれからだ――。

五条紀夫先生の次回作にご期待ください。

（了）

本書は新潮文庫のために書き下ろされた。

五条紀夫著

クローズド サスペンスヘブン

俺は、殺された——なのに、ここはどこだ？ 天国屋敷に辿りついた6人の殺人被害者たち。「全員もう死んでる」特殊設定ミステリ爆誕。

道尾秀介著

向日葵の咲かない夏

終業式の日に自殺したはずのS君の声が聞こえる。「僕は殺されたんだ」。夏の冒険の結末は。最注目の新鋭作家が描く、新たな神話。

道尾秀介著

片眼の猿
—One-eyed monkeys—

盗聴専門の私立探偵。俺の職業だ。今回の仕事は産業スパイを突き止めること、だったはずだが……。道尾マジックから目が離せない！

道尾秀介著

龍神の雨

血のつながらない父を憎む蓮。実母を殺したのは自分だと秘かに苦しむ圭介。降りやまぬ雨、ひとつの死が幾重にも波紋を広げてゆく。

道尾秀介著

ノエル
—a story of stories—

暴力に苦しむ圭介は、級友の弥生と絵本作りを始める。切実に紡ぐ〈物語〉は現実を、世界を変え——。極上の技が輝く長編ミステリー。

道尾秀介著

貘《ばく》の檻《おり》

離婚した辰男は息子との面会の帰り、32年前に死んだと思っていた女の姿を見かける——。昏い迷宮を彷徨う最驚の長編ミステリー！

道尾秀介著

雷神

娘を守るため、幸人は凄惨な記憶を封印した故郷を訪れる。母の死、村の毒殺事件、父への疑惑。最終行まで驚愕させる神業ミステリ。

道尾秀介著

風神の手

遺影専門の写真館・鏡影館。母の撮影で訪れた歩実だが、母は一枚の写真に心を乱し……。幾多の嘘が奇跡に変わる超絶技巧ミステリ。

結城真一郎著

名もなき星の哀歌

新潮ミステリー大賞受賞

記憶を取引する店で働く青年二人が、謎の歌姫と出会った。謎が謎をよぶ予測不能の展開の果てに美しくも残酷な真相が浮かび上がる。

結城真一郎著

プロジェクト・インソムニア

極秘人体実験の被験者たちが次々と殺される。悪夢と化した理想郷、驚愕の殺人鬼の正体は。最注目の新鋭作家による傑作長編ミステリ。

一條次郎著

レプリカたちの夜

新潮ミステリー大賞受賞

動物レプリカ工場に勤める往本は深夜、シロクマと遭遇した。混沌と不条理の息づく世界を卓越したユーモアと圧倒的筆力で描く傑作。

一條次郎著

動物たちのまーまー

混沌と不条理の中に、世界の裏側への扉が開く。『レプリカたちの夜』で大ブレイクした唯一無二の異才による、七つの奇妙な物語。

デザイン　川谷康久（川谷デザイン）

イデアの再《さい》臨《りん》

新潮文庫　こ－77－2

令和六年五月一日発行

著者　五《ご》条《じょう》紀《のり》夫《お》

発行者　佐藤隆信

発行所　株式会社　新潮社

郵便番号　一六二―八七一一
東京都新宿区矢来町七一
電話　編集部(〇三)三二六六―五四四〇
　　　読者係(〇三)三二六六―五一一一
https://www.shinchosha.co.jp

価格はカバーに表示してあります。

印刷・錦明印刷株式会社　製本・錦明印刷株式会社

ISBN978-4-10-180285-5 C0193